COBALT-SERIES

お釈迦様もみてる

紅か白か

今野緒雪

集英社

お釈迦様もみてる
紅か白か

もくじ

お釈迦様もみてる

登場人物紹介

柏木《かしわぎ》　優《すぐる》
花寺の三年生で、
生徒会長。
福沢《ふくざわ》祐麒《ゆうき》
花寺学院の一年
生。主人公。

福《ふく》沢《ざわ》祐《ゆ》巳《み》
リリアン女学園に
通う、祐麒の姉。

小《こ》林《ばやし》正《まさ》念《むね》
祐麒の友達で、
数学が得意。

高《たか》田《だ》　鉄《まがね》
祐麒の友達で、
一年生。筋肉質。

●有《あり》栖《す》川《がわ》
祐麒の友達。かわいらしいルックス。

●薬《やく》師《し》寺《じ》昌《あき》光《みつ》＆朋《とも》光《みつ》
生徒会役員の二年生。双子の兄弟。

●アンドレ先輩＆ランポー先輩
二年生。生徒会役員。

イラスト／ひびき玲音

お釈迦様もみてる

波乱の入学式

1

目の前に、二つの道が伸びている。

右は、山を突っ切る険《けわ》しい道。

左は、山を避《よ》けて大きく迂《う》回《かい》した平坦《へいたん》な道。

(何だ、何だ)

花寺《はなでら》学院高校入学の朝、福沢祐麒《ふくざわゆうき》は校門を入って程なく現れた分かれ道の手前で、立ちすくんだ。同じように、若干《じゃっかん》大きめに作られた真新しいねずみ色の学ランを着た生徒たちが、彼を追い越して右へ左へと進んでいく。誰一人として、迷うこともなく真《ま》っ直《す》ぐに。

左右の道の入り口には、双方ともに机が出ていて、数人の上級生が待っている。新入生たちはまずその受付のような場所に立ち寄り、二言《ふたこと》三言《みこと》言葉を交わすと、何かをもらってそれぞれ選んだ道を進んでいくのだ。

当たり前のように繰り広げられている、この光景は何なのだろう。

「……」

一通り観察してはみたものの、その儀式が何であるのか、祐麒にはまったく理解できなかった。

自慢じゃないが彼は、幼稚園からずっと花寺学院という、生粋《きっすい》の花寺っ子である。けれど、小学校の入学式の日も中学校の入学式の日も、こんな奇妙な光景は見られなかった。同じ敷地内でも、校門が変わっただけで、こうも勝手が違うものなのか。

（俺、学校間違えたかな）

いやいや、周囲を見回せば、目に入るのは祐麒と同じ制服を着た男ばかり。この丘に建つ学校といったら、他にはお隣のリリアン女学園しかない。さすがに、女子校とでは間違えようもないだろう。祐麒は、弱腰になりつつある自分の気持ちを奮《ふる》い立たせた。

そうだ。ここでずっと突っ立っていては埒《らち》があかない。どちらかの道を進まないことには、校舎にも、入学式が行われる予定の体育館にもたどり着けないのである。

（とはいえ）

好きな方を選んでいいのだろうか。それとも、何かの番号順で事前に決められているものなのか。

（事前って。……聞いていないけど）

祐麒は考え込んだ。わからないならば、左右のどちらでもいいからとにかく進んで、受付にいる上級生に質問なりすればいい。それで一件落着だ。が、一つ二つ年が多いというだけなのに、彼らは皆大きくて大人のように見えた。つまり、怖くて不用意には近づけなかったのだ。平均より身長が低い祐麒には特に。

（こうなったら、新入生の誰かに——）

付属中学持ち上がり組の強みだ。その辺を探せば、誰かしら顔を知っているヤツがいるだろう。祐麒は踵《きびす》を返した。その時。

「あ」

後ろから来た生徒と、ぶつかってしまった。

不意に逆行した方が悪いのだが、ぶつかった彼はガタイが良かったために、弾《はず》みでよろけた祐麒を支えてから、丁寧《ていねい》に「失礼」と頭を下げた。

「いや、こちらこそ」

一瞬、上級生かと思ったが、制服が真新しい。そして、手には入学案内の茶封筒を抱えていた。付属中学では見たことがない顔だ。

「おー、あれが噂《うわさ》の源平関所《げんぺいせきしょ》か」

その新入生は、そう言いながら祐麒の肩ごしに分かれ道を眺《なが》めた。

「源平関所？」

「ああ。花寺学院高校といったら、やっぱり名物は源氏《げんじ》と平氏《へいし》だもんな」

「……そうだな」

やっぱり、と言われて、もう「何のことですか」とは聞けなくなってしまったのは、祐麒が花寺学院中学出身者だからである。

「ちなみに、自分は源氏の白だから右の道だな」

ということは、左は平氏で紅《あか》らしい。言われてみれば、どちらもその色の旗《はた》がたっていた。

「源氏……」

「まだ部活は決めてないけど、頭使うより身体動かす方が性《しょう》にあってるからな。見た目通りだろう？　で、君は？」

「俺は」

祐麒は言いよどんだ。まさか、今の今まで考えたことがないとは言えない雰囲気《ふんいき》だ。

「俺は、あの、その、そう、ちょっと友達を待っていて」

「ああ、それで先に進まなかったんだな。じゃ、先行くわ」

白い歯でさわやかに笑うと、彼は祐麒に背中を見せた。申告通り、右の道である。

「友達か……」

祐麒は小さくつぶやいた。そんないいものがここにいるのなら、今頃こんな所で困っていないはずなのだった。

「どうしよう」

ため息をついても、目の前の道は変わらず二本伸びているのである。

とくん、とくん。

自分の心臓の音とは別に、小さな鼓動《こどう》が聞こえるような気がする。

とくん、とくん。

たぶんそれは、もう二度とは戻らない。

はるか昔に聞いた音。

──もしお前が俺だったら、どっちを選ぶんだろうな。

2

思い返せば、この十五年の人生において、後先《あとさき》を考えずに突っ走ったがために失敗したことが、何度あったことだろう。

最初のつまずきは、誕生の頃まで遡《さかのぼ》る。

通常十月十日《とつきとおか》母親の胎内《たいない》で育つはずのところ、祐麒は三カ月ほど繰り上げて外の世界にお目見えした。当然、未熟児《みじゅくじ》だ。未熟児というのは、小さく生まれたということで何かにつけて不利なものだが、生まれたその日が四月一日というのは運が悪い。

断っておくが、エイプリルフールだから、ではない。

日本の法律では誕生日の前の日に年を取ることになっているので、四月一日生まれまでは前年度、つまり学年でいうと四月二日生まれの一つ上の学年に組み込まれてしまうのであった。以降十五年間、兄弟のことだとか、やっていたスポーツのことだとか、進学のことだとか、友達のことだとか、並べだしたらきりがないが、もっと慎重に事に当たればあんな事態にはならずに済んだのに、と思うことは数知れず。だからこそ、高校入学をきっかけに、闇雲《やみくも》に突っ走るようなことはするまい、石橋を叩《たた》いて渡るくらいを心がけようと決めたのだ。

なのに。

今ここで、即席に右か左かを決めろという。こういうことこそ、直感で決めないで熟考《じゅっこう》しなければならないことではないのか。

(中学までの俺なら、間違いなく白の源氏)

祐麒は心の中に問いかけた。

(だが、高校からの俺が心がけている姿は、紅の平氏ではないのか)

正解は、一つ。さあ、どっちだ。

(どっちだって言われても、わかんねーよ)

それが正直な気持ちだった。

包みの違うキャンディーを二つ差し出されて、一つを選ぶのとはわけが違う。どちらか選ぶということは、どちらかを捨てるということだ。これは根拠のない予感だが、この選択を誤れば高校生活に多大な支障《ししょう》をきたすような気がする。あめ玉一つをなめきる間の後悔で済むとは思えない。

(源氏か平氏か)

どちらにしようかな、では決めかねる。

(俺一人に道は二本)

それでも、皆が一定方向に流れている中、一人ぼけーっと立ちつくしていては嫌でも目立つ。取りあえず祐麒は動くことにした。

とはいうものの、引き返して校門を出るわけにもいかず、半径三メートルくらいの範囲を当てもなくウロウロとさまよい歩くだけである。

少し早めに家を出てきたっていうのに、こんな所でつまずいているなんて情けない。後のバスに乗ってきたと思われる新一年生たちが、どんどん祐麒を追い抜いて左の道、あるいは右の道へと消えていく。

時計を見て、さすがにそろそろ決めた方がいいとため息をついた時である。前方の分かれ道付近で動きがあった。

右、つまり源氏で白の受付にいた上級生が、椅子《いす》から一人立ち上がったのだ。いや、立ち上がっただけではない。そのまま、こちらに向かって歩いてくるではないか。

(落ち着け、落ち着け)

祐麒は速まる鼓動をなだめるように、心の中に言い聞かせた。何も「こちら」イコール「自分」とは限らない。

今はその上級生と自分との間にたまたま他の誰かがいないわけだけれど、一旦《いったん》振り返ればそこに新入生たちがぞろぞろやって来ているはずだ。だから、祐麒は振り返った。

「――って、いない」

運悪く、たまたま、生徒の流れが途切れたところだったようだ。

（いや待て、この上級生が人間に用があるとは限らない。並木道に植えてある木とか、俺の後ろにある校門とか）

そんなことを考えているうちにも、上級生は刻一刻と近づいてくる。ファッションなのか構わないたちなのか、ちょっと長めのボサボサ頭は、顔に髪がかかり放題で表情が読めない分ますます怖かった。

（ああ、どうか俺の前をスルーしてくれ）

しかし、ヘアスタイルがベートーベンもしくは金田《きんだ》一耕助《いちこうすけ》似の彼は、そんな願いも空《むな》しく、祐麒の前までやって来るとピタリと足を止めた。

「君」

（うわあ、しゃべったっ）

「さっきから、ウロウロしているみたいだが、まさか花寺学院高校伝統の『源平』について知らずに来たなんてこと――」

「……いっ、いいえっ」

知らずに来たが、今は知っている。紅が平氏で白が源氏。たとえこの場で問題を出されたとしても、ちゃんと答えられるのだ。

が、上級生は試すことなどせず、微《かす》かに笑ってうなずいた。

「それならよかった。もしそんな新入生であったなら、生徒会長自《みずか》らが説明するから連れてくるようにとおっしゃったのでな」

(生徒会長って)

話が大きくなりすぎる。ただでさえ、途切れていた人波が復活し、後ろからやって来た生徒たちのさらし者になっているっていうのに。

「お、お気遣《きづか》いいたみいります。けれど、それには及びません」

祐麒は後退《あとずさ》りした。しかし、ベートーベンはそれを許さず、荒々しく肩をつかんできた。

「うむ。ならばさっさと進め。悩む時間はたっぷりあっただろうが」

「あっ」

友達を待っているとか、そんな言い訳を口にする間もなかった。

さすがは体育系の源氏というべきだろうか、ポンと押されただけで祐麒の身体《からだ》は勢いよく前方へと飛び出した。

転ばないためには、もう左右の足をかわりばんこに前に出すしかない。

目の前にあるのは、二つの道。

まるで、クイズ番組でお馴染《なじ》みの○×クイズ。走り出したら最後、もう後戻りは許されない。

右か、左か。

源氏か平氏か。

白か紅か。

――祐麒は選べなかった。


気がついたら、右でも左でもない、真ん中の道なき道へ突っ込んでいた。

「あっ、待てっ」

すれ違いざま、源氏だか平氏だかわからない分かれ道の辺《あた》りにいた上級生の誰かの叫び声を耳にした。けれど、祐麒は足を止めなかった。続けて「捕まえろ」とか「任せろ」などという声を聞いてしまっては、待つなんてことできるわけがなかった。追いつかれたら最後、どんな制裁を受けるかわかったものではない。こうなったらもう、逃げて逃げて逃げ切るだけだ。

生け垣《いがき》を乗り越え、雑木林《ぞうきばやし》のような山の斜面を駆け上る。中学校舎から遠く見たことはあったが初めて踏み込んだ山は、まるで勝手がわからない。日陰《ひかげ》で湿気を含んだ地面は、苔《こけ》だか腐った落ち葉だかでツルツル滑るし、木の根っこに足を取られて何度も転びそうになった。右手に持った学生鞄《かばん》が邪魔だったが、だからといって捨てていくわけにもいかない。

「はっ、はっ」

息が切れる。けれど、休めない。背後から自分以外の足音が迫ってくる。しかも、着実に距離が狭《せば》まっている。

(入学式の日の朝、俺はいったい何をやっているんだろう)

疑問はわくが、答えを探す余裕がない。

振り向けば、祐麒と同じ制服が木々の間に見え隠れしていた。もう、すぐそこまで来ている。

まるで、悪夢をみているようだ。走っても走っても、足が思うように進まない。なのに追っ手はものすごいスピードで追いかけてくる。

(何だ、こいつ)

疲れを感じさせない素速い足運び。かなり至近《しきん》距離まで迫っているのに、息づかいさえまったく聞こえない。

(捕まる)

そう思った瞬間、目の前に小さな祠《ほこら》が現れた。

仏教の学校に、神様をまつったお社《やしろ》なんて——。

立ち止まったと同時に腕をつかまれ、祠に身体を押しつけられた。

「ようこそ。花寺学院高校へ」

追っ手は一人だった。

そのスピードと持久力と素速い動きから、ゴリラみたいな大男か、もしくはチンパンジーみたいな小回りのきく小柄《こがら》な男ではないかと勝手に妄想《もうそう》していたが、目の前にいたのはそのどちらでもなかった。身長こそ高いが中肉で、顔立ちは上品に整っている。祐麒は男だからそれくらいの評価に留まるが、たぶん同世代の女子の多くはポーッと見とれる。いわゆる、世間《せけん》が言うところのハンサムなのであった。白雪姫とかシンデレラとかの絵本に出てくる、王子さまにもどこか似ている。

「さて」

その人は、右手で祐麒の左手首をつかみ、左肘《ひじ》から下を使って、祐麒の両肩を押さえていた。一見して源氏か平氏かわからないが、たぶん祐麒が左右の道の真ん中を突破した時に分かれ道付近にいた人物の一人であろう。

「元気過ぎて山登りした君は、受験で花寺の高校に？」

「えっ」

あまりに唐突《とうとつ》な質問は、簡単なものであろうと一瞬答えにつまるものだ。

すると。

「花寺の中学からの持ち上がりか、余所《よそ》の中学からの編入かと聞いている」

祐麒を押さえた腕が、少し上にずれて力が加わった。

「く……ぅ」

喉《のど》が絞《し》まる。苦しまぎれに、鞄を放した右手で彼の左腕をつかんで押し戻した。

「花寺の中学からです。でも、そんなこと関係あるんですか」

にらみつけると、上級生は拘束《こうそく》していた手を放し、首をすくめた。

「失礼。もし君が外部受験でこの学校に入学してきた生徒だとしたら。そして、入学案内の書類の中に入っているべき書類の一部、つまり我が校の源平システムについて書かれたプリントが、何かの手違いでもれていたら、同情の余地はある。そう考えたものでね」

「源平システム？　そんなプリント、入っていませんでしたよ」

祐麒は吐き捨てた。

今後は慎重に生きると決心したのだ。入学案内に入っていた書類は、隅《すみ》から隅まで熟読した。

「そりゃ、そうだ。君は花寺の中学に通っていた。わざわざ教えなくても、我が高校の伝統くらい知っているだろう。それとも」

上級生は顔を覗《のぞ》き込んできた。

「まったく聞いたことがなかったか？」

「……いえ」

祐麒は目をそらした。まったくと言えば嘘《うそ》になる。源氏と平氏、漠然《ばくぜん》と派閥《はばつ》のようなものだと思っていた。

「チラリとでも知っていたのなら、入学までに詳《くわ》しく調べておくべきではなかったのかな。それを怠《おこた》ったということは、君が迂闊《うかつ》なヤツということに外《ほか》ならない」

「迂闊なヤツぅ？」

「もしくは、中学時代にクラスに友達が一人もいなかったかわいそうなヤツ」

「友達くらい――」

「まあ、あわてん坊なヤツということには変わりないな」

側《かたわ》らの木の枝についた葉を弾《はじ》いて、彼は言った。

「何も、源氏平氏は絶対に今日決めなければならないことでもないのに」

「えっ」

「選べないなら選べないとはっきり言えばいいところを、先走って関所破りなんかしやがって」

「関所……破り」

時代劇で見たことがある。通行手形を持っていなかったり、追っ手がかかっている旅人が、正規のルートを通れず、街道から外れた道を行くシーン。大概《たいがい》は捕らえられて、お代官さまか何かの前に引きずり出される。

「関所破りの罪は重いぞ？」

上級生は愉快《ゆかい》そうに笑った。笑顔がさわやかな分、その重さが予想できなくて、かえって背《せ》筋《すじ》が寒くなった。いったい何をさ（せら）れるのだろう。

上級生とはいえ、同じ制服を着ている以上は一生徒である。よもや停学や退学なんて処分を下す権限はあるまい。そこまで考えて、ぞーっとした。

（ってことは、私刑《リンチ》じゃん）

かえって、やばい。校長先生に睨《にら》まれた方が、まだましだ。

しかし、逃げたところでまた捕まるのが落ちだし、そうなれば今よりもっと悪い状況に陥《おちい》るは必至《ひっし》。万が一逃げ切れたとしても、顔が割れてしまった上は、すぐにクラスも名前も調べあげられてしまうだろう。

（どうしよう）

祐麒を十分震えあがらせた後、上級生は「だが」と言った。

「活《い》きのいい少年は大好きだ。今回だけは、そこにおいでの神様に免《めん》じて許してやろう」

神様、と言われて祐麒は振り返った。そういえば、さっきから背中にあたっているこれは、祠の屋根だった。別に神様に「助けてください」と頼んだつもりはなかったが、許してもらえるならそれに越したことはない。

「ただし」

と、彼は続けた。

「条件がある」

「じ、条件？」

やはり、ただで許してもらえるほど甘くはないらしい。祐麒は身構えた。土下座《どげざ》か、逆立ちか。まさか金を要求されることはないとは思うが――。

「何、難しいことじゃない。今、この場で源氏か平氏を選択する。それだけだ」

十分難しいことじゃないか、と祐麒は思った。あの分かれ道で、どうしても決められなかったから逃げたのだ。ちょっとやそっと山の中を走り回ったからって、答えが導き出せるわけがない。かといって、選ばなければ。

「答えなければ、お仕置《しお》きだよ？」

うれしそうに目を細める。こいつ絶対S《エス》だ。

「じゃ、あなたが所属していない方にします」

Sのお仕置きなんて、金輪際勘弁《こんりんざいかんべん》だ。選べなかったということは、どっちでもいいということだと無理矢理こじつけた。だとしたら、このSで二枚目で性格が悪そうな男とはこれ以上関《かか》わりたくない。だから「あなたが所属していない方」に決定だ。どうだ、選んでやったぞ。ざまあ見ろ。

「僕がいない方?」

上級生は顎《あご》に手を添えて、ちょっと考え込むような仕草《しぐさ》をしてから言った。

「いいだろう。でも、僕は両方に所属しているんだ。君がどうしても僕がいない方を希望するなら、必然的に無所属を選ぶより外はないね」

「……へ?」

言っている意味が、すんなり頭に入ってこなかった。ちょっと待て。両方所属ってありなのか? そして、単に彼を避けたつもりが、無所属を選んだことになってしまうのか。

「源氏にも平氏にも入らないで花寺学院高校《こ》《こ》で生きていくのはきついぞ。仲間がいない一匹狼《おおかみ》になるっていうことだからな。生き抜くためには、自分で情報を収集し自力で解決しなければならない。中学までの迂闊な君のままでは、到底《とうてい》無理だが、やれるものならやってみろ」

上級生は地面に落ちた鞄を拾い上げると、「ほら」と祐麒の胸に押しつけた。

「え?」

「行けよ。約束だ。解放してやる」

本当かよ、と思いつつも試しに二、三歩足を前に出してみたところ、上級生は腕組みしてただ眺めている。どうやら、本当に許してもらえたらしい。

「ああ、このまま右斜《なな》めに下ると、源氏の道に出る。険しい山道だが、一応道だから君が登ってきた所よりは数段歩きやすいはずだよ。ちなみに平氏の道に出たければ、左。だが、ここまで山を登ったんだったら、ここから平坦な回り道に進路変更するのはもったいない気がするな」

「お気遣いなく」

無理に笑って、祐麒は歩き出した。こうなったら、右にも左にも行かない。ここまで来たのと同じように、この先も道なき道を進んでやる。

少し歩くと、確かにその先に源氏の道があるらしく、右手から人の話し声が聞こえてきた。左は幾分《いくぶん》なだらかな斜面が続き、その分麓《ふもと》にある平氏の道まではかなり遠いものと想像がついた。

あの上級生は自分の姿をいつまで見ているだろうか、と祐麒は思った。気になったが、シャクだから後ろを振り返ったりはしなかった。

3

その上級生であるが。

元気のいい新入生の姿が木立《こだち》の間に消えたのを確認すると、おもむろに自分の背後に向かって声をかけた。

「いるんだろう?」

「気づいておいででしたか」

そう言いながら現れたのは、先程祐麒に声をかけた男である。仲間内ではランポーで通っている。

「光《ひかる》の君《きみ》は任せろ、と仰《おっしゃ》いましたが。どうにも気になってしまって。アンドレも、見てこいと」

「ご苦労だな」

ランポーは、いざとなったら飛びだそうと、足音を忍ばせて近寄り、太めの幹《みき》の陰に隠れて二人の会話に聞き耳をたてていたわけである。

「いいんですか。簡単に許してしまって」

校舎の方角に視線を向けて、ランポーが尋《たず》ねる。

「うん? あんな小童《こわつぱ》一人泳がせたからといって、どうということはないだろう。それとも何かい?」

光の君と呼ばれた男は、ランポーの心臓の上に人差し指を立てた。

「これしきのことが、生徒会の威信《いしん》に関わる大事とでも言いたいのではないだろうね、君は」

「い、いえ、そうは思いませんが」

ランポーは一歩後ずさって光の君の指から逃れると、もじゃもじゃ頭を軽くかきながら言った。

「結果的に、あの一年生にとって酷《こく》な事態になったのでは？」

源氏にも平氏にも属さず花寺の高校で生きていくのがどんなに過酷であるのか、二年生のランポーは十分理解していた。

「そうだな。だが、僕はああいう活きがいい子が好きなんだよ」

「好きなのにいじめる」

「好きだからいじめるんだ」

そういう理屈もあるだろう。そう納得したのかはともかく、ランポーは尊敬する男のために一つの提案をした。

「そんなに気に入ったのなら、親衛隊《しんえいたい》にでも入れたらいかがです」

「素直に入るようなヤツだったら、面白《おもしろ》くも何ともない」

「ですね。でも、一応名前やクラスを調べておきますか？」

「そうだな」

光の君は一度はうなずいたが、すぐに「いや、いい」と訂正《ていせい》した。

「ああいうタイプは、放っておいても嫌《いや》でも目につく。そのまま生徒たちの中に埋もれたのなら、彼とはそれだけの縁《えん》だったってことさ」

光の君は、伸びをした。

けれど、それだけの縁じゃないという自信から出た言葉に相違《そうい》なかった。

4

山を背にして舗装《ほそう》された地面に下り立つと、そこはY字路を逆にしたような地点だった。つまり右後方から源氏の山道、左後方から平氏の平坦な道が再び合流する場所であり、前を見れば校舎へと続く道が真っ直ぐに延びていた。

何だか、何日も山ごもりして久しぶりに人里に下りてきた修験者《しゅげんじゃ》みたいな気分だ。

(経験なんてないけどさ)

祐麒は、学ランやズボンについた土埃《つちぼこり》をはたいて歩き出した。先程、山の入り口の分かれ道には関所があったが、出口の合流地点には何もないようなのでひとまずホッとした。

ただ、ちょうどその頃正規の道を歩いてきた源氏や平氏の生徒たちには、ギョッとした目で見られた。当然といえば当然だ。小汚い一年生が、突然山から飛び出してくれば誰でも驚く。

言い訳するのも変なので、祐麒は気づかないふりを決め込んだ。

校舎の側《そば》までやって来ると、『クラス分け表』だの『一年生の下足場はこちら』だのという、新入生に向けた矢印《やじるし》付きの張り紙が所々に見られるようになった。

祐麒は、「一年B組」と書かれたクラス分け表に自分の名前を見つけた。新しいクラスメイトの名前をざっとは見たが、知った名前があったからといって、さほどの感慨《かんがい》もなかった。クラス分けが気になって前の日から眠れなかった中学三年の一学期の始業式が、嘘《うそ》のようだ。

一年B組教室に入ると、机はほぼ三分の一ほどの生徒で埋められていた。

正面黒板にでかでかと書かれた『各自名前の書かれた机に着席』という指示に従って、机に貼《は》られたシールを読みながら自分の名前を探して席に着いた。

付属の中学から持ち上がりの顔もあったが、それほど親しい間柄《あいだがら》ではなかったから声をかけ合うこともない。だからだろうか、教室内で祐麒はまるで転校生のような疎外感《そがいかん》を覚えた。

(え……？)

前方から、明らかにこちらを窺《うかが》う生徒がいる。斜め後ろからは、指をさされて何やら囁《ささや》かれる気配もある。

(何だ、何だ)

自意識過剰《かじよう》だと否定してもお釣りが来るほど、クラスメイトたちの態度はあからさまだった。

最初は、新品の制服に土埃や葉っぱがついているせいかと思った。だが、どうやらそれだけではないらしい。

一つ空席を挟《はさ》んで横の席にいた生徒が、顔だけこちらを向けて教えてくれた。

「今朝の君、悪目立《わるめだ》ちしていたからだよ」

銀縁眼鏡《ぎんぶちめがね》に七三の前髪の彼には、見覚えがあった。同じクラスになったことはないが、確かに花寺の中学にいた。

「悪目立ち？」

「関所破りして、生徒会の先輩方に追いかけられていただろう。上級生に目をつけられるヤツなんかと、誰も関わりたくない、ってことさ」

なるほど、高校では生徒会がかなりの力をもっているようだ。生憎《あいにく》、迂闊なもので、我が学院の高校に関して詳しくないが、とにかく下級生は生徒会や上級生の目を気にしてビクビク生きているらしいことはわかった。

「迷惑な話だな」

「同感」

七三のそいつは笑った。

「ただし僕の場合、君のことを指しているんだけれど？」

これが小林正念《こばやしまさむね》という男を、祐麒が最初に意識したシーン。第一印象は最悪だった。

また、彼が結構大きな声で説明してくれたお陰で、朝の騒動を知らなかったクラスメイトたちの耳にまで、その情報が達したのは言うまでもない。

5

それでも、クラスメイトたちの視線を一々気にしていられるほど新入生は暇《ひま》ではない。

「入学おめでとう。これから君たちを、入学式が行われる体育館まで案内する。教室が空《から》になるので、貴重品は鍵《かぎ》のかかるロッカーにしまうか、または職員室で預かってもらうこの貴重品袋に入れるように。済んだ者は、『経歌抄《きょうかしょう》』と念珠《ねんじゅ》だけ持って廊下に出席番号順に整列」

予鈴《よれい》とともに入室してきた二年生二人が、テキパキと指示する。

「きょ……？　教科書？」

編入してきた生徒の中には、耳慣れない単語に戸惑《とまど》う者もいたが、大概の生徒は鞄から文庫本くらいの大きさの青いケースを取りだして速《すみ》やかに教室を出た。その中に、『経歌抄』と呼ばれる聖歌や行事の作法や祈りの言葉などが書かれた本と、念珠が収まっている。中学でも同じ物を使っていたから、祐麒のそれもかなり使い込まれていた。

体育館の壇上には、『南無阿弥陀仏《なむあみだぶつ》』の掛け軸が掛けられた祭壇が設《しつら》えられていた。新入生が入場すると、さっそく献華《けんか》・献灯《けんとう》・献香《けんこう》の儀式が始まった。聖歌隊の歌にあわせて、生徒の代表が花や火をともした蠟燭《ろうそく》やお香《こう》を祭壇に供《そな》えるのである。

式典の進め方は、中学の時とほぼ同じだったので、付属から上がってきた祐麒は特に慌《あわ》てたりすることもなかった。ただ、聖歌隊の歌声が低いことにはかなり面食《めんく》らった。中学時代は、まだ変声期前の高い声も混じっていたが、さすがに高校生になるとほぼすべてが大人の男声《だんせい》で編成されるらしい。

代表の焼香《しょうこう》まで一通り終えて始まった入学式は、ごく一般的なものである。開会の辞、国歌斉唱《せいしょう》、入学許可、校長式辞《しきじ》とつつがなく進んでいく。新入生代表で挨拶《あいさつ》したのは、田口《たぐち》とかいう初めて見る生徒だった。たぶん、受験でトップの成績をとったのだろう。

続く生徒会長の祝辞で、祐麒は思わず身を乗り出した。

「新一年生の諸君。入学おめでとう」

そこにいたのは、何と祐麒に「やれるものならやってみろ」と言ったあの上級生だった。

「あの人が……生徒会長」

——花寺学院高校生徒会長、三年A組　柏木優《かしわぎすぐる》。

確かに祐麒は、生徒会を敵に回したようなものだった。

生徒会室のバトル

1

高校生活というものは、想像以上にきついものだった。

いや、それは全国の新高校一年生すべてに当てはまるものではないのかもしれない。現に、やはりこの春お隣のリリアン女学園高等部への入学を果たした年子《としご》の姉祐巳《ゆみ》は、毎日が楽しそうだ。新しい友達、遠くから眺《なが》める先輩たちの麗《うるわ》しさ——。

(こっちは、そんなもの無縁《むえん》だっつーの)

新しい友達を作ろうにも、初日に関所《せきしょ》破りの件がクラス中に広まってしまって以来、祐麒《ゆうき》はあからさまにクラスメイトたちから距離を置かれるようになってしまった。

先輩なんて憧《あこが》れの対象になるどころか、できればこれ以上は関《かか》わり合いたくない存在である。

しかし廊下を歩きながら行き交《か》う生徒たちの姿を目に映せば、楽しげに談笑する姿がそここに確認できた。

そう考えると、高校生活がきついのは、花寺《はなでら》学院高校の新入生、でもないということだ。

(俺限定、か)

源氏《げんじ》にも平氏《へいし》にも属さないということが、この学校内での居心地《いごこち》を悪くしているに外《ほか》ならない。

(そういうことなんだろう)

生徒用のトイレの扉を開けると、先客の数名が友好的な笑顔をこちらに向ける。しかし、だからといって祐麒も笑顔で応《こた》えてはいけない。一秒か二秒か後、入ってきたのが誰であるか認識できた瞬間、彼らは笑みを消して視線を外す。無駄《むだ》な笑顔を振りまいてしまったことを、もったいなかったとでもいうような素振りさえ見せる者もいる。

もう慣れっこであるから、祐麒は背後から聞こえるひそひそ話を無視し、用を足してトイレを出る。

最初はどういうことかわからなかった。また、入学当初は今ほど明快ではなかった。しかし各階に二つずつある生徒用トイレは、完全に源氏と平氏に分かれていて、それぞれたまり場と化しているのである。もちろんどちらに入っても咎《とが》められることなどはないが、氏が違えば何となく余所《よそ》の家にお邪魔しているみたいで、長居しにくい雰囲気《ふんいき》はある。だから教室から遠くても、所属があれば仲間のいる方のトイレに入る生徒がほとんどだった。

しかし、無所属はそうはいかない。どちらのトイレに行っても、「仲間以外の者が来た」という目で見られるわけである。

源氏と平氏に分かれているのは、何も道だけじゃなかった、ということだ。

体育会系の源氏と文化系の平氏。クラブ活動における部室が別々の建物であるのは言うに及ばず、学食ホールまでもが大雑把《おおざっぱ》だが源氏席と平氏席に分かれていた。結局、授業以外は大抵《たいてい》何をするにも源氏や平氏がつきまとうのだった。

もちろん、その最たるものが校門から校舎までの道のりである。分かれ道の手前に関所があったのは入学式の朝だけだったが、それでも源氏は右、平氏は左の道というルールは徹底している。トイレ同様、所属していない者が通ることを許さないわけではないけれど、仲間でないと気づくやガラリと態度を変える。

無邪気《むじゃき》に挨拶《あいさつ》してきたくせに、舌打《したう》ちされたり、嫌味《いやみ》を言われたり。それは源氏の道であろうと平氏の道であろうと同じで、中には早くどちらか選ぶように説得してくれる奇特《きとく》な人もいた。

しかし、どうして彼らは瞬時に仲間であるかどうかを知ることができるのだろうか。

「それはね。生徒手帳の色だよ」

小林《こばやし》が鼻で笑った。一つ机を挟《はさ》んだ真横の席。二時間目と三時間目の間の休み時間で、クラスの半分以上は席を離れて思い思いの場所に移動していた。

「福沢《ふくざわ》さぁ、生徒手帳そのまま胸ポケットに挿《さ》しているじゃん。そんなの、無所属ですって宣伝して歩いているようなものだよ」

そう言う小林は、確かに制服の胸ポケットからは何も顔を覗《のぞ》かせていない。

「生徒手帳？」

祐麒は自分のを取りだして、じっくり見た。一見革《かわ》のように見える黒いビニールカバーが掛かっている、入学式の日にもらった時のままだ。

「それを戻してから、あいつらの胸もと見ろよ」

「あいつら？」

小林の顎《あご》が指し示す方を見ると、窓際に三人のクラスメイトがたむろしていた。

「あれ？」

祐麒は自分のと見比べて首を傾《かし》げた。自分の学ランの胸ポケットにはねずみ色の生地《きじ》から黒の一本線が見えているのに、彼らのそれは明らかに黒ではない。出ている面積が少ないのではっきり何色とは判別できないが、茶色か何か。暖色系の色だ。

「あっちの方が、わかりやすいぜ？」

小林は、教室の後方の席にいた二人のクラスメイトを振り返る。

「あ」

今度は白だ。白の一本線が、ポケットからチラリと顔を出している。

「わかっただろう？　平氏は紅《あか》、源氏は白。所属が決まると、生徒手帳カバーがもらえる。生徒たちは、見知らぬ生徒に会うと、胸もとを見て瞬時に仲間かどうかを判断する癖《くせ》がついている。黒の生徒手帳は、どちらでもないという目印《めじるし》になる」

「そうか。入学式の日に関所で渡されていたのはあれだったのか」

「そうさ」

講義終了とばかり、小林は祐麒から視線をそらして次の授業の準備を始めた。

「小林」

祐麒が呼びかけると、小林は手を休めずに「何だよ」と口だけの返事をした。

「お前も無所属なのか」

その一言で、小林の動きが止まった。

「だから生徒手帳を隠しているのか」

重ねて問うと、小林は少しだけ紅潮《こうちょう》させた顔を祐麒に向けた。

「それが何だよ。無所属同士仲よくしようなんて考えているんだったら、お門違《かどちが》いだからな。俺はお前と違って、考えがあって最終決定を延ばしているだけだし」

「そっか」

同じ無所属でも、考えなしに突っ走った結果どこにも入れなくなった者もいれば、自《みずか》らの考えで選択を後回しにしている者もいるわけである。それを一緒くたにしたら、怒るのは当たり前かもしれない。

「それにしてもお前、よく俺が疑問に思っていたことがわかったな」

ふと思って、祐麒は口に出した。

「あん？」

「どうして瞬時に仲間がわかるのか、ってやつ。俺、口に出してなかったよな」

「口に出してやいなかったけどさ」

小林は、ため息を吐いてボソリと言った。

「お前、思っていることが顔に出るんだよ」

2

入学から二週間ほど経《た》ったある朝のことである。

「やあ、坊や」

祐麒が源氏の道を通って校舎へと向かっている時、前方から声をかけてきたのは、例の生徒会長だった。確か、柏木《かしわぎ》とかいう名前だったか。

祐麒は自分の足もとを見て歩いていたので、直前までその人が階段状になった道の真ん中に立ちはだかっていることに気づかなかった。

「……」

坊やと呼ばれて返事をしたら、自分が「坊や」だと認めることになる。無視をして追い越し、道を上り続けたが、生徒会長は軽い身のこなしで横にピッタリくっついてくる。

「どうだい？　思った以上に、無所属は大変だったろう？」

「……」

言われるまでもなく、大変だったさ。

「そろそろ音《ね》を上げる頃かと思って。先日の僕に対する非礼を詫《わ》びたら、どちらかに入れてやってもいいよ」

「誰がっ」

無視してこの場をやり過ごそうと思っていたのに、祐麒はつい挑発《ちょうはつ》に乗って口を開いてしまった。

「おや、そうかい。態度を改める気はない、と」

「俺は間違ったことをしているとは思わないから」

言い置いて黙々と歩くと、背後から笑い声がした。

「君は、どうすれば僕が喜ぶか知っているようだ」

「何を言っているのか、わからないよ」

逆に、この柏木という男は、どうすれば祐麒が怒り出すか、そのツボを心得ているようだった。

「君は面白《おもしろ》いって誉《ほ》めているんだよ、坊や」

柏木は追いついて並んだ。

「坊やって言うな」

「失礼。名前を知らなかったもので」

そう言ったが早いか、柏木は祐麒の胸ポケットから黒の生徒手帳を抜き取った。

「ふむふむ、一年B組、福沢祐麒。ユキチ君か」

表紙を開けてすぐの、クラスと氏名が記されているページを眺めながら、ニヤニヤと笑う。

「返せよ」

手を伸ばしたが、身長も腕の長さも相手がはるかに勝っているので勝負にならない。何から何まで、いけ好かないヤツだ。

「もちろん、返すよ」

しかし柏木は自分のポケットからボールペンを取り出すと、祐麒の名前の下にグジャグジャと悪戯《いたずら》書きをしてから、生徒手帳をポイと投げて寄越《よこ》した。

「何するんだよ」

「うん。さすがは叔父《おじ》さまがくれたボールペン、書き味はすこぶるいい」

「試し書きなら、いらない紙にしろよ」

これをいじめと言わずに何と言う？　世間《せけん》では名門で通っている花寺学院高校の生徒会長ともあろう人間が、純真な新入生にこんな仕打ちをしていいのだろうか（いや、よくない）。

やっぱり小林の言うように、生徒手帳を胸ポケットなんかに入れておかなければよかった、と後悔しても後の祭り。何かの機会で生徒手帳を提示しなければならない時、教師はこのグジャグジャの線を見てどう思うだろう。

とにかく、この人と一緒にいたらろくなことがない。祐麒は振り切るように階段を駆け上った。

柏木は、もうついてこなかった。その代わり、祐麒の背中に「おい」と声をかけてきた。

「さっき、間違ったことをしていないと言ったな」

「あ、ああ」

祐麒は振り返って、上段から見下ろした。

「だったら、もっと堂々としていろ。君はうつむいて歩いていた。言っていることと態度が一致していないぞ」

確かにその通りなので、何も言い返せなかった。

3

「どうです。入学式から二週間が過ぎましたが、めぼしい一年生はいましたか」

生徒会室で、アンドレが抹茶《まっちゃ》を差し出しながら尋《たず》ねた。

「まあね」

椅子《いす》にふんぞり返っていた柏木は、古いが重厚な机から足を下ろした。そして背筋《せすじ》を正すと、軽く一礼してから茶碗《ちゃわん》を手にした。

「はっきりしないお返事ですね。そやつ、源氏ですか平氏ですか」

「どちらでもない。それどころか、まだ海の物とも山の物とも」

「それなのに、見込みがあると？」

「わからない。……この茶碗、いいね。重さといい厚みといい。色も僕好みだ。お茶の緑がとても映《は》える」

「二年生の土屋《つちや》の作品です。光《ひかる》の君《きみ》に気に入っていただけたのなら、献上《けんじょう》した彼も喜ぶことでしょう」

「よろしく言ってくれ」

柏木がお茶を飲み干すのを待って、部屋の隅《すみ》でコピー取りをしていたランポーが尋ねてきた。

「光の君が言っておられるのは、もしやあの落ち着きのない――」

名前までは知らない彼は、クルクルと人差し指で空気をかき回しながら、入学式の日に会った一年生の特徴を並べていく。活《い》きがよく、生意気《なまいき》で、子だぬきみたいな顔とか何とか。

「そうだ」

柏木は笑いながらうなずいた。しかし横で聞いていたアンドレはというと、徐々《じょじょ》に訝《いぶか》しげな表情になっていくのだった。

「落ち着きのない？　生意気？　そんなお粗末なヤツに、光の君がお気をかけてやるなんて時間の無駄です」

ただでさえ忙しい身体《からだ》なのに、と自らを柏木の側近《そっきん》と認めているアンドレはぼやく。それも一理ある。確かに、つまらないヤツに関わっているのは、時間の無駄だ。

「じゃ、ここは一つ試してみようか」

柏木は指を弾《はじ》いた。

「試す？」

アンドレとランポーが聞き返す。

「ただの迂闊《うかつ》野郎か、それとも前途有望な伸びゆく若木であるのか」

土曜日の放課後。

生徒会室でそんな相談がなされていたなんてこと、その時祐麒はもちろんまったく知るよしもなかった。

4

そして翌週の月曜日、校舎二階の生徒会室の入り口扉付近にある掲示板には、ある特定の人物を呼び出す書類が張り出された。


祐麒が異変に気づいたのは、その日の三時間目が終わった頃だ。いつになく、クラスメイトたちの視線が痛い。

もともと好意的な扱《あつか》いなどを受けてやしないし、注目されるのは入学式の日以来もう慣れっこだ。ただし近頃は、一々無所属の生徒の動向を観察するのに皆飽《あ》きてきたようで、あからさまな視線や陰口《かげぐち》の類《たぐい》はあまり感じることはなくなっていたのだが――。

(何が起こっているんだ)

今扉の陰から顔を出して教室内を覗き見ている隣のクラスの生徒は、間違いなく祐麒の顔を見物しにきているようだ。

横の席の小林を見ても、彼は首をすくめてみせるだけで、教えてくれない。

(そっか。こういうことか)

仲間がいないのなら、自分で情報を収集し自力で解決しなければならない。今更《いまさら》ながら、生徒会長柏木の言葉を思い出す。

(やれるものならやってみろ)

できるかどうかわからないが、とにかくやるしかないようだ。今が有事であることは、状況から判断するに間違いなさそうなのだから。

祐麒は四時間目が終わると、教室を飛び出した。情報収集にどれくらいかかるかわからないが、ちょっとでも時間があったらどこでも食べられるように、弁当だけは持って出た。

情報を集める当てなど、ない。でも、とにかく校舎の中、生徒が集まる場所に行ってみようと思った。噂《うわさ》は人が介《かい》して広まるものだ。ヒントくらいは耳にできるかもしれない。

勇んで歩き出した早々に、出鼻《でばな》をくじかれた。

何やら、行く手の廊下が騒がしい。気は急《せ》いていたが、取りあえず祐麒は足を止めて様子を見た。

少し距離を置いて取り囲む見物人たち。その中心には、三人の生徒の姿があった。二年生二人が一人の一年生を挟むように立っている。

「ご、ごめんなさい」

何があったか知らないが、小柄な一年生は泣きそうだった。

「上級生にぶつかっておいて、ごめんなさいだけで済むと思っているのか」

見物人の一人が側《そば》にいた友達に、「先輩からぶつかってきたんだぜ」と小声で説明していた。

虫の居所が悪かった上級生が、弱そうな一年生にからんでいるようだ。見ればからまれている一年生は紅い生徒手帳、上級生たちは白い生徒手帳を胸に挿している。

「一発殴らせろ、なんて言っていない。ちょっとだけ、顔貸せよ」

柄《がら》の悪い源氏の二年生たちは、その一年生の手首をつかんだ。

「いやぁ」

身をよじる一年生を見て、嫌らしい笑いを浮かべる。

「あれー、女の子みたいな声だしちゃって」

「かーわいーー」

とうとう一年生は、泣きながら廊下に膝《ひざ》をついてしまった。

「よせよ」

見ていられなくなって、祐麒は前に飛び出した。

「『よせよ』？」

上級生たちの視線が、ゆっくりと祐麒に移動した。ただし、さっきのように笑っていない。まったく別人のように、にらみがきいている。

「こいつ、嫌がっているじゃないか。ぶつかったにしても、ケガしたわけじゃないんだったら、ごめんなさいで済むだろう」

　割って入ってしまったからには、もう引っ込むわけにはいかなかった。

「おいおい。何か勘違《かんちが》いしているんじゃないか。俺たちはただ、この子とお話ししようって言っているだけだよ」

　祐麒があまりに正当な意見を言ったせいか、今更ギャラリーの目を気にしたのか、源氏の上級生二人は言い訳するように言って唇《くちびる》の端を上げた。

「そっちがそのつもりでも、こいつは怯《おび》えているんだよ」

　こいつと指さされた小柄な一年生は、立ち上がって祐麒の後ろに隠れた。そして小声で「お尻《しり》を触られた」と訴えた。

「か、可愛《かわい》いから、つい手が出ちゃっただけだろ。本当の女じゃあるまいし、いちいち騒いで大事《おおごと》にする方がおかしいんだ」

　どういう理屈だ。同性ならばセクハラにならないと本気で思っているのか。祐麒が呆《あき》れて物も言えずにいると、それを臆《おく》したと勘違いしたのか、源氏の二人は増長した。

「わかったら、失《う》せな。ケガするぞ」

　ただのポーズかもしれないが、一人が拳《こぶし》を作ってそれを祐麒へと向けた。

　殴られる、と思ったその時。

「一年生の癖に、生意気なんだよ」

そんなことを言っていた二年生二人の身長が、突然ニュッと伸びた。

「えっ？」

——と思ったのは間違いで、実際は二人とも後方から抱き上げられたために、顔の位置がさっきより高くなっていただけだった。

「うわぁ」

抱き上げていたのは、身長二メートルはあるかと思われる大男二人だった。制服を着ているからには、この学校の生徒に間違いないだろう。二人とも、暴れる源氏の二年生を器用に反転させ、腹から折り畳《たた》むようにして軽々と肩に乗せる。

（……双子《ふたご》）

顔も、体格も、仕草《しぐさ》までもそっくりだった。

「やめろ、日光《にっこう》」

「下ろせ、月光《がっこう》」

騒いだところで、聞く耳もたない。手足をばたつかせたところで、頑丈《がんじょう》な肉体はびくともしない。

大男二人は、歌うようにつぶやく。

「可愛いから、つい手が出ちゃった」

「一々騒いで大事にする方がおかしい」

さっき自分たちが言った言葉を出されて、さすがに返す言葉もない源氏の荒くれ者たちは、そのままましゅんとおとなしくなった。

どっちがニッコウでどっちがガッコウだか見分けがつかないが、片方が肩に一人担《かつ》いだまま祐麒たちの所まで歩いてきた。

「君たち、同じクラス？」

祐麒と、背後に隠れていた一年生は、その迫力に押されてぶんぶんと首を横に振った。

「そう」

それだけ確認すると、もう用はないというように二人はノッシノッシと去っていく。その頼もしい後ろ姿を見送りながら、小柄な一年生は感嘆《かんたん》のため息を吐いた。

「……さすが」

それからすぐ、祐麒に向き合った。

「ありがとう」

「いや。俺は何もしていない。助けたのは、ニッコウとガッコウだっけ？　あの大きな二人だし」

しかし、彼は首を横に振る。

「君は助けてくれたでしょ？」

そんな偉そうなものじゃなかった。後先《あとさき》考えずに飛び出してしまう、いつもの癖が出ただけだ。勝算もないのに飛び込んで、ただかき回す。本当の助っ人《すけと》が現れなかったら、たぶん殴られて今頃廊下の隅で泣いていたはずだった。

「あのっ、僕、一―Aの有栖川《ありすがわ》といいます」

思い出したように自己紹介してきたので、祐麒も名乗った。

「あ、B組の福沢です」

「え？　B組の福沢？　もしかして、福沢祐麒君？」

もしかしなくても、福沢祐麒である。ちなみに、一年B組に福沢は二人いない。

「ごめんなさいっ。生徒会室に行く途中だったんでしょ。それなのに巻き込んじゃって」

「えっ？」

「とにかく、早く行ったほうがいいって」

そして有栖川に言われるまま、半信半疑《はんしんはんぎ》で生徒会室の前まで行ってみて、初めてその事実を知った。

『一年B組　福沢祐麒　本日昼休みに生徒会室に出頭せよ』

自分を呼び出す書類が、掲示板にでかでかと張り出されていたのだ。

5

「おや、新顔だな」

左目にかかるくらい伸びた前髪の下に四角くて細いフレームの眼鏡《めがね》をかけた上級生が、生徒会室に飛び込んできた祐麒を見てまずそう言った。

部屋の中は思っていたよりは広く、雑然としていた。コピー機やパソコンといった物は揃《そろ》っているが、壁際の棚にはプリント類と一緒に古道具のような物がゴチャゴチャと置かれている。

不思議な空間だった。

それでいて、中心にあるテーブルには糊《のり》のきいた白いテーブルクロスがかけられ、一輪挿《いちりんざ》しなんかで飾られている。まるでそこだけ、洋食屋さんみたいなのである。

生徒会室なんて、初めて入った。入学して間もなく、先輩たちに連れられて校舎を案内されたことがあったから、扉の前までは来たことがあったわけだが、今の今までその場所がどこだったか思い出すことすらなかった。

「あの」

勢いで入室したはいいが、中には例の生徒会長の姿はなく、いたのはこの鬼太郎《きたろう》だけ。この後どうしたものだろうか。先方から聞かれてはいないが、こちらから名前を名乗って呼び出された理由を尋ねるべきなのだろうか。

そんなことを、あれこれ考えていた祐麒であったが。

「ご苦労」

上級生は、祐麒の持っていたお弁当を、当たり前のように取り上げた。

「あっ」

そしてあれよあれよという早業《はやわざ》で包みはほどかれ、蓋《ふた》までも開けられてしまった。弁当の中身を確認すると、上級生は「おや？」と首を傾げる。

「コノエが、今日のランチはハンバーグだと言っていた気がするが。ミートボールだったのか」

まあいい、とつぶやいて、洋食屋のテーブルの上に置く。セッティングする、といった方がぴったりな置き方だ。

「何なんですか」

まったく、状況がわからない。生徒会が祐麒を呼び出したのは、弁当を取り上げるためだったとか。——いや、いくら何でもそんなことはないだろう。

「え？」

そこで、祐麒から発する異様な気配に、上級生はやっと気づいた。

「君、当番じゃないの？」

「だから、何の話です」

コノエとかハンバーグとか当番とか。祐麒には、まったく心当たりがない。

「じゃ、お前誰だ」

やっとスタート地点に戻った。しかし自分に心当たりのない人物はすべて不審者《ふしんしゃ》とでも思っているのか、上級生は祐麒を親の敵《かたき》のようににらみつける。答え如何《いかん》によっては、殺されそうな殺気である。

その時。

「ただいま」

扉を開ける気配とともに、誰かが生徒会室に入ってきた。

「何だか、トイレが混《こ》んでいてさー。お先にどうぞって言われたけれど、さすがにそれを受けちゃまずいだろ」

手を拭《ふ》いてきたと思《おぼ》しきハンカチをズボンのポケットに戻しながら現れたのは、例の生徒会長だった。悔《くや》しいが、彼の顔を見て祐麒は少しホッとした。少なくとも、自分が何者かをわかってくれている人が現れたのだ。

早くこの状況を説明してくれ。

祐麒は視線を送ったが、すぐには届かなかった。生徒会長の直後に、慌《あわ》ただしく入室して来た生徒がいたので、そちらに注目が行ってしまったのである。

「すみません、遅れました。今すぐ準備をっ」

二年生だろうか、彼は持っていたお弁当をテーブルの上に置いた。しかし、そこには先程祐麒が取り上げられた弁当がすでにスタンバっている。

「おや。弁当が二つ」

生徒会長柏木はそうつぶやいてから部屋を見渡し、祐麒の姿を確認すると「ああ、福沢祐麒君」と笑った。

「福沢？」

細眼鏡の鬼太郎が、声を裏返らせた。

「こやつが、その、落ち着きがなくて生意気で迂闊な子だぬきですか」

覚えがなくもないのでその形容を否定しきれないところもあるのだが、それにしても散々《さんざん》な言われようである。

「お客さまに失礼だよ、アンドレ」

そう吹き込んだのは間違いなく自分の癖に、柏木は紳士のようにたしなめる。

（しかし、アンドレかぁ）

容姿にピッタリのあだ名がつけられているものだ。眼鏡を外せば、フランス革命に散った男装の麗人《れいじん》に影として寄り添っていた従者そっくりである。そっくりといっても、少女漫画の中の登場人物だけれど。

「それに、ちゃんと来られたんだから、福沢祐麒君はただの迂闊なヤツじゃなかったわけだよね」

柏木の変ちくりんなフォローが、祐麒をいらつかせた。

「用件は何ですか」

「まあ、座りたまえ。こうして君のお弁当も広げられたようだし、一緒にランチタイムといこうじゃないか」

「遠慮します」

祐麒は自分の弁当を引き寄せると、蓋をしてお弁当包みでグルグル巻いた。この生徒会長と差し向かいで食事するなんて、冗談じゃない。

「ああそうかい。では、君はいかが？」

柏木は、お弁当を持ってきた生徒に声をかけた。

「私も、後《のち》ほどいただきますので」

こちらは祐麒と違って、本心から遠慮しているようだった。それが作法なのか、取り込み中と判断したからなのか、一礼すると早々に退室した。

アンドレが、テーブルに着いた柏木のもとに焙《ほう》じ茶を持ってきた。すると、柏木は手を合わせて目を閉じた。

「御仏《みほとけ》と皆さまのおかげによりこのご馳走《ちそう》を恵まれました。ありがたくいただきます」

真面目《まじめ》に、食前の挨拶をしてから箸《はし》をつける。先程アンドレがつぶやいた通り、そのお弁当箱に入っていたおかずは、ハンバーグだった。——って、ぼんやり眺めている場合じゃない。

「呼び出しの、用件を言ってください」

「用件なんぞない。食事の同席を断ったなら、さっさと自分の教室に戻れ」

柏木の代わりに、アンドレが言った。ご丁寧《ていねい》に、出口に向かって指まで向けて。

「用件はない？　用がないのに呼び出し、ってどういうことだよ。わけわかんない」

思ったままを口にすると、アンドレが至近《しきん》距離まで近づいてきた。

「言葉遣《づか》いに気をつけろよ、小僧《こぞう》」

「小僧って誰だよ」

路地で鉢合《はちあ》わせした猫たちのように、二人はにらみ合った。一触即発《いっしょくそくはつ》とは、こういうことを言うのだろう。

「まあまあ。二人とも」

柏木が、優雅《ゆうが》にナプキンで口を押さえてから間に入った。仲裁《ちゅうさい》する気があるなら、口なんか拭かずに来ればいいものを。

アンドレを壁際に下がらせてから、柏木は祐麒に言った。

「福沢君を呼び出したのは、呼び出されてちゃんと来られるかを確かめたかったからだ。だから、君がここに来た時点で、用は済んでしまった。ご足労だったね」

「はあ？」

　では、さっきアンドレが言っていた「用件なんぞない」というのは、あながち間違ってもいなかったわけである。

「何でそんなこと」

呼び出しされたらちゃんと来られるか。それを調べるために呼び出しをするなんて、なんて暇な人たちなんだ。

「一人で戦わなければならなくなった君に、生徒会は少なからず興味をもっている。そんな理由だけでは、納得してもらえないのかな」

　納得するもなにも。彼らがそのつもりだったと言う以上、違うとは言えない。

「帰る」

　もちろん、そんな不毛な理由で一々呼び出すなと抗議はできる。しかし、こういう人たちに関わっていること自体が、時間の無駄な気がしたのだ。

「ご苦労さま」

　柏木は、再びテーブルに着いた。祐麒は数歩あるいてから、振り返って尋ねた。

「生徒会長。あんたは毎日、用意してもらった昼飯《ひるめし》を食っているのか」

　関わらないでいようと思っていたが、ふと疑問に思ってしまったのだ。

「そうだよ」

「何で、そんなことをしているんだ」

「何で、とは？」

未《いま》だかつてそんな質問を受けたことがない、そういった表情で、柏木は首を傾げた。

「だって、それ、おかしくないか？」

生徒会長という肩書きにはもれなく昼食が付くなんて話、聞いたことがない。

「僕には親衛隊《しんえいたい》という、ファンクラブのような組織がついていてね。彼らが、自主的に昼飯を準備してくれるんだよ。別に生徒会の金で賄《まかな》っているわけではないんだし、何か問題があるかい？」

「あんた、そんなに偉いのか」

そう言った瞬間、空気を切るような音とともに祐麒の目の前に何か棒状の物が突きつけられた。

「小僧、そこに直れ」

それは、アンドレの持つ竹刀《しない》だった。

「喝《かつ》を入れてやる」

竹刀が振り上げられた。

「うわっ」

これはどこを叩《たた》かれても痛いだろうな、と祐麒が思った瞬間。

「よせ、アンドレ」

いつの間に部屋に入ってきたのか知らないが、別の上級生が羽交《はが》い締《じ》めして、アンドレの動きを止めた。見覚えがある。確か、入学式の日に関所前で祐麒に声をかけてきた上級生である。髪の毛がモシャモシャの。

「ランポーの言う通りだ。竹刀をしまえ。埃《ほこり》がたつ」

柏木も冷ややかに言った。

「しかし、光《ひかる》の君《きみ》っ。こやつ光の君を侮辱《ぶじょく》して」

(光の君？　この人、仲間に自分のことを光の君なんて呼ばせているのか)

源氏物語つながりだろうか。確か、柏木という巻名があった。

「勝負しろ」

アンドレの怒りは、ちょっとやそっとのことでは収まらないらしい。取りあえずランポーから竹刀を取り上げられたが、すごい形相《ぎょうそう》で祐麒をにらんでいる。

「でも俺、剣道なんてしたことないし」

祐麒が真面目にそう答えたのがツボだったのか、腹を抱えながら柏木が言った。

「じゃ、運動では何が得意だ？」

「得意なものなんて、……ないですよ」

「へえ。中学時代何かスポーツをやっていたのかと思ったが。気のせいか」

どういった理由でそう思ったのか知らないが、柏木の読みは満更《まんざら》間違ってはいなかった。だが過去の栄光なんて、今更何の役にも立たないことを祐麒は知っている。

「もう、勘弁《かんべん》してやれよ。スポーツが不得意だから、源氏に入らなかったんだろう」

ランポーが言った。

「その理屈なら、平氏に入っていないのは頭脳の方にも自信がないということになるが」

アンドレが腕組みをしてため息をついた。

どっちも苦手では、何で勝負したらいいかわからないというわけだ。確かに、対決するのが下級生である以上、せめて相手の得意分野でなければ、ただの弱い者いじめである。

「ねえ福沢君」

ランポーが、祐麒に耳打ちしてきた。

「アンドレは、自分のことより光の君のことを大切にしている忠犬のような人間なんだ。ここは悪い相手にぶつかったと思って、不本意でも頭を下げたらどうかな。それで勝負を回避《かいひ》できるなら、双方にとってもいいことだと思うが」

「でも俺、生徒会長のことを侮辱したつもりはないっすよ」

ただその昼ご飯のシステムについて、変だと意見を言っただけだ。

「よかろう。きさま、花寺学院高校の生徒会に上から物を言えるほど偉いんだな」

イライラとアンドレが言った。

「えっ」

だから、そんなつもりはないんだって。なのに、どうして事がどんどん大きくなっていくのだ。

「ならば、それを証明してみろ。できたら、今度のことは不問にしてやる」

「えーっ」

どんな難問が与えられるのだろう、と祐麒は身構えた。

「簡単なことだ。ここに友人を連れてくればいい。そうだな、五人……いや四人でいい」

「四人も」

童謡の中には、友達百人作る予定の一年生がいる。それを考えれば四人なんて、難なくクリアできてしまいそうだが、今の祐麒にはそれはとてつもなく難しいことだった。源氏にも平氏にも属さないままでは、みんなが敬遠して、友達なんてできるわけがない。

「大変なら、烏帽子親《えぼしおや》を見つける、でもいいぞ。こちらはもちろん一人でいい」

鼻で笑うところを見ると、こっちもかなりクリアが難しいことらしい。

「あの、アンドレ」

黙って成り行きを見ていた柏木が、そこで口を挟んだ。

「烏帽子親っていうのはさ」

しかし、増長するアンドレはぴしゃりとはね付ける。

「光の君は口出し無用に願います。これはこやつと私の問題ですから」

というわけで、もはや執《と》りなしてくれる者はいなくなった。ランポーもやれやれと首をすくめて後ろを向いた。アンドレが言うように、祐麒とアンドレだけの問題になってしまったらしい。

「期限は？」

「そうだな。一週間でどうだ」

その一週間が長いのか短いのか、祐麒には皆目見当《かいもく》がつかなかった。そもそも友達って、期限を決めて作るものだろうか。

「一週間後のこの時間、つまり来週の月曜日の昼休みまでに、きさまが友人四人か烏帽子親一人を連れて来れなかったら、偉そうなことを言った罰《ばつ》で、向こう一年間生徒会で下働きとしてこき使ってやる」

「俺が勝ったら？」

「だから、さっきの無礼を不問にしてやると言っただろう」

「それって変じゃない？」

どっちか片方にペナルティーがある勝負なんて、どう考えてもおかしい。

「竹刀で叩きのめされていたところだったのに、猶予《ゆうよ》を与えられたヤツが何を言う」

よくわからない理屈である。

「要は、勝てばいいだけのことじゃないのかね。それとも自信がないのか？　それなら、今のうちに降参《こうさん》したっていいぞ？」

「誰がっ。一週間後、友達たくさん引き連れて、ここに舞い戻ってやるから覚えておきやがれ。床が抜けても知らないぞ」

勢いでそう吐き捨てると、祐麒は弁当を持って生徒会室を飛び出した。

廊下には、「呼び出しされた福沢祐麒が生徒会室に入っていった」と耳にした野次馬《やじうま》たちが結構な数集合していたが、蹴散《けち》らすように歩いていった。

教室に帰って、一人で弁当を食べた。ミートボールを咀嚼《そしやく》しながら、ぼんやりと考える。

（烏帽子親、って何のことだろう）

今ひとつわからないまま勝負を受けてしまったが、それは自力で調べるしかなさそうだ。

あの場で聞けないこともなかったが、迂闊なヤツと言われたくなかったので、知っているふりをした。

それは、福沢祐麒のちっぽけなプライドだった。

物思いの無所属

1

烏帽子親《えぼしおや》のことは、意外なところで知ることができた。

源氏《げんじ》と平氏《へいし》の分かれ道の手前に立っていた有栖川《ありすがわ》に声をかけられたのは、アンドレとの無謀《むぼう》な勝負を受けた日の翌朝のことだ。

「おはよう」

「校舎まで一緒に行こう？」

有栖川は無邪気《むじゃき》に笑う。

「でも、俺の側《そば》にいるといいことないよ」

無所属な上に、生徒会から目をつけられている生徒なんかと親しくしていたら、有栖川だって仲間はずれになってしまうのではないか。

「いいこと？　あったよ、昨日」

「え？」

「源氏の二年生にからまれた時、側に平氏の生徒が何人かいたんだ。でも、誰も助けてくれなかった。源氏だ平氏だって勝手に連帯感をもっているけれど、いざとなったらみんな自分が可愛《かわい》いんだね。黒い生徒手帳のままの福沢《ふくざわ》君の方が、よっぽど格好《かっこう》いいし頼りになるよ」

だから待っていたんだ、と言われて、祐麒《ゆうき》は有栖川と一緒に平氏の道を歩くことにした。

「あのね。わ……僕、福沢君に報告があるんだ」

「え？　何？」

「ほら、あの大きな上級生二人」

「ああ、ニッコウとガッコウだっけ」

「そう。双子《ふたご》の日光《にっこう》先輩と月光《がっこう》先輩。本名は薬師寺《やくしじ》昌光《あきみつ》、薬師寺朋光《ともみつ》っていうんだけれど。あの人たちが、放課後うちのクラスを訪ねてきて、僕の烏帽子親になってくれたんだ」

すごいでしょ、と興奮《こうふん》してしゃべるところを見ると、それはかなり「すごいこと」らしいが。

「その、烏帽子親って何？」

肝心《かんじん》の烏帽子親がわからなければ、何がすごいか意味不明なのである。

「あれ、福沢君知らないの？　烏帽子親」

烏帽子親という単語は、初耳ではなかった。アンドレの口がその発音をした時に、ちゃんと漢字が思い浮かんだ。

「武士が元服《げんぷく》する時に烏帽子を被《かぶ》せてくれる、後見人みたいな人のことだよな」

烏帽子被せてくれたり、自分の名前を一文字くれたり。大河ドラマで、そんなシーンを視《み》たことがあった。

「そう。その烏帽子親からきているんだけれど、花寺《はなでら》の高校では、平たく言うと親分みたいなもの、っていえばいいかな」

「親分……。ってことは、有栖川はあの二人の子分になったってわけか」

「そういうこと」

わかってもらえた？　そんな感じで、有栖川は祐麒の顔を覗《のぞ》き込んできた。取りあえず祐麒は、烏帽子親がどんな存在かは理解できた。けれど、どうして有栖川が嬉《うれ》しそうなのかまではわからない。

「子分になると、何かいいことあるの？」

「僕なんかはね」

有栖川は小さく笑った。

「小柄で、華奢《きゃしゃ》で、ナヨナヨしているって、昔からよくいじめられたんだよね。でも今後は余程の事がない限り、むやみにはいじめられずに済むと思う。だって、僕にちょっかい出せば、あの大きな二人を敵に回すことになるんだからね」

校内で力をもつ烏帽子親の下につけば、学校生活は安泰《あんたい》なわけだ。何となくわかってきた。

(それじゃ、俺になんか烏帽子親がつくわけない)

生徒会に反抗的な一年生の盾《たて》となってくれるような奇特《きとく》な人が、どこにいよう。アンドレの、勝ち誇ったような笑みが思い出された。無理だとわかった上で、難題を突きつけてきたのだ。こうなったら烏帽子親は諦《あきら》めて、友達四人に照準を合わせる方がいいだろう。

「ってことはさ、生徒会長に烏帽子親になってもらった生徒なんて、すっげー威張《いば》っているんだろうな」

きっとあの生徒会長そっくりな、キザで意地悪なヤツなんだろう。しかし、有栖川はさらりと言った。

「今の生徒会長には、烏帽子子《えぼしご》はいないよ」

いない？　ちょっと意外である。

「あれ、あのアンドレとかいうやつは？」

「身近にいて、親しくしているみたいだけどね。違うんだって」

ランポーとか弁当当番のあいつとか、下手《へた》すりゃ二、三十人くらい子分をもっていそうな感じに見えたが。

平氏に所属している分、有栖川は祐麒に比べて数倍情報通だった。自分から顔を突っ込まなくても、自然と耳に入ってくるものらしい。ホールや、トイレや、その他の場所でも。仲間内で固まるということは、そういう事なのだろう。

「それでね。日光先輩・月光先輩は、わ……僕に烏帽子名《えぼしな》をつけてくれて。アリス、っていうの。福沢君もそう呼んでくれる？」

「ああ」

よくわからないけれど、烏帽子名というのはたぶんあだ名のようなものなのだろう。もしかしたら、光《ひかる》の君《きみ》とか日光・月光とかもともとは烏帽子名だったのかもしれない。しかし、自分がアンドレとかランポーとか呼ばれるのって、いったいどんな気持ちなんだろう。アリスっていうのは、本人はかなり気に入っているようだが。

「うれしそうだな」

「烏帽子名をもらったこと？　もちろんだよ」

有栖川改めアリスは、歩きながらその場で一回転した。

「名前にね、コンプレックスがあるんだ」

「コンプレックス？」

そういや、有栖川っていう苗字《みようじ》しか聞いていなかった。しかし、コンプレックスになっちゃう名前って、いったいどんなんだ。

「フルネーム、有栖川金太郎《きんたろう》っていうの」

軽くうつむいて、小さく笑ったアリス。

「金太郎……それは、また」

小柄で、学ランを着ていなければ女の子でも通りそうな外見とかなり、いや相当にギャップがある名前だった。これまで、たぶん名前を名乗ったり呼ばれたりするたびに、周囲の者たちが過剰《かじょう》に反応してきたのだろう。アリスは「笑ってもいいんだよ」って表情で待っているけれど、祐麒は笑えなかった。もう諦めてしまったんだな、ってむしろ切《せつ》なくなった。

「福沢君はいいね。ユウキって、男でも女でも有りって感じの名前だもん」

アリスがつぶやく。

「俺は別にそこんとこはこだわりないから、いいとか思わないけど」

祐麒は答えた。名前なんて、他と識別するための記号のようなものだ。それを聞いて、アリスはキョトンとした。

「気に入らないの？　自分の名前」

「嫌いじゃないけど、紛《まぎ》らわしいんだよ。うちさ、親父《おやじ》が祐一郎《ゆういちろう》で姉貴が祐巳《ゆみ》で、一家四人のうち三人が『祐』の字つくの。家で所有物とかテリトリーとか決める時って、よくイニシャルとかマークにしてつけるじゃん。それができないんだよ、三人Yだから」

「そっか。じゃあ、祐の後の文字をアルファベットにするとか？」

「それもだめ。祐巳をMにするとお袋と被る。お袋がみきだから。結局親父と姉貴が漢字でお袋が平仮名で俺だけ片仮名なんていう、統一感がない名札になっちゃうんだ」

父が「一」、母が「み」、祐巳が「巳」、そして祐麒が「キ」。

「どうして福沢君だけ片仮名なの？」

法則からいったら、当然祐麒は「麒」になるところだが——。

「『麒』は字画が多すぎるから、油性マジックとかで書くと何の文字かわからなくなるんだ」

するとアリスは、「ああ」と小さく叫んで笑った。その話題はかなりお気に召したらしく、いっそ祐麒のマークは●《黒丸》にしようかという案が家族間で持ち上がったというくだりでは、腹を抱えてひーひー言った。

「ふふふっ、福沢君はやさしいね。わ……僕の名前の話を、楽しい話にすり替えてくれて」

「そんなこと」

「ね、烏帽子名で呼んでみてくれない？」

そう請《こ》われたので、祐麒は心を込めて呼んだ。それは目の前にいるその人にとって、大切な大切な名前である。

「アリス」

「そう」

目を輝かせてうなずく。ついでなので、祐麒は言った。

「じゃさ、アリス。俺しか側にいない時は、自分のこと『私』って言っていいよ」

「え？」

「よく言い直しているから」

「やだ。やっぱり？　いつもは気をつけているんだけれど、福沢君の前だとちょっとゆるんじゃうみたい」

アリスは、少女のようにえへへと笑った。上に姉が四人いる五人きょうだいの末っ子とかで、お姉さんたちに引きずられて小さい頃からつい「私」と言ってしまうのが抜けないらしい。

「ヒューヒュー。お熱いね」

山を背にした源氏の道との合流点で、源氏のヤツらに冷やかされた。

からかわれる原因が自分にあると思ったのか、アリスは祐麒から離れようとした。だが、祐麒は気にしなかった。

「いいたいヤツには言わせておけって。うらやましいんだろ」

自分が間違ったことをしていないと思っているなら、堂々としているべきだ。不思議なことに、祐麒はいつか生徒会長の言った言葉を実践《じっせん》していた。

「そうだね」

アリスがうなずいた。

「福沢君の言う通りだ」

清々《すがすが》しい。

同級生とこんな風《ふう》にしゃべるなんて、久しぶりだ。

平氏の長い道のりも、アリスと一緒に来たおかげでとても短く感じられた。

2

入学初日につまずかなかったら、源氏か平氏のどちらかに入っていたのだろうか。祐麒は思った。

少なくとも、今みたいに風当たりが強くはなかったはずだ。それは、未《いま》だ黒い生徒手帳を隠し持っている小林《こばやし》を見ていればわかることだ。

水曜日の放課後、掃除を終えてぼんやりと考え事をしながら歩いていると、いつの間にか野球場の方まで出てしまっていた。

「野球、か」

今の自分とは無縁《むえん》のものだ。すぐに引き返そうと思った。しかし、遠巻きにでも眺《なが》めたが最後、中の様子に見入ってしまうのは、まだ未練《みれん》を断ち切れていないせいなのか。

どうやら、野球場では野球部が練習試合をしているようだった。ピッチャーが投げたボールがキャッチャーミットに収まる時の心地いい音が、祐麒の耳に届く。

(ストレート)

グローブをはめていないのに、返ってきたボールを受け取るために祐麒の左手が動く。しかし当然、いつまで待ってもボールの手応《てごた》えなんかやってこない。

（何やってんだ、俺）

野球とは手を切った人間が、こんな所にいるべきではない。こんな場所にいるから、心が乱されるのだ。心に言い聞かせて、歩き始めた。

野球場の外では、球拾いもさせてもらえない生徒たちが、キャッチボールをしていた。体操着姿だから、まだ仮入部とかテスト入部なのかもしれない。全員一年生のようだ。相手までボールが届かない者や、コントロールが滅茶苦茶《めちゃくちゃ》な者たちもいて、なるほどまずはキャッチボールからだな、と思われた。

（あいつ、危なっかしいな）

力任せに投げ込む姿を見ながら、そう思って見ていると、案の定、向かい合った相手とは見当違いの場所にボールが飛んでいった。

それは、祐麒のいる方向だった。

昔とった杵柄《きねづか》というのだろうか。身についた癖《くせ》というものは、ちょっとやそっとではぬけないらしい。

考えるより先に、祐麒は左手を出して顔の真横に飛んできたボールをキャッチしてしまった。もし冷静に考えていたら、身をかわしただけで、決して手を出さなかったことだろう。グローブをはめていない手は、硬球の衝撃をもろ受けてジンジンした。

「すまん、ありがとう」

暴投した一年生が駆け寄ってきて、祐麒に頭を下げた。がっちりした体格で、体操着についていたゼッケンを見なければ、同じ一年生だということが信じられなかった。

「お陰《かげ》で助かったよ」

「いや、俺は何も」

ボールを取ってやったくらいで、そんなに感謝することはないのではないか、そう思ったらがっちりした彼は祐麒の後ろを指さした。

「危うく、高一にして人殺しになるところだった」

見れば、そこにはお爺《じい》さん先生の姿があった。耳も遠いようで、二人の会話も気づかぬまま、ゆるゆると歩いている。確かにダイレクトに当たったら、危なかったかもしれない。

「しかし見事なキャッチだったな。君も野球を？」

「いや」

祐麒が首を横に振った時、がっちり君とキャッチボールしていた相手が近づいてきた。

「福沢。お前、どうしてこんな所にいる。まさか、野球部に入りたい、なんて気になったんじゃないだろうな」

中学時代、同じクラスにいたヤツだった。

「安心しろよ。そんな気ないから」

祐麒はボールを返すと、背中を向けて歩き出した。

そうだよ。野球をやりたくたって、もうできないんだ。後悔したって今更《いまさら》遅い。

昔、花寺中学の野球部なんて、ってほんの少し小馬鹿《こばか》にしていた。そのあいつらに、今はもう敵《かな》わない。ただ野球をやれる、それだけのことができないんだから。

どれくらい歩いただろう。校舎の側まで来たところで、「おい、待てよ」と声がした。

「ずっと呼んでるのに、気づかないでどんどん先に行くんだから」

さっきの暴投野郎が、祐麒を追いかけてきていたのだ。

「抜けていいのか」

祐麒は、野球場の方角に顔を向けた。まだ、部活が終わる時間ではないだろう。たとえ時間になったとしても、下っ端《したっぱ》の一年生は用具の片づけなどの仕事をしなければならないので、最後まで残るものである。

「一応、断ってきた。どうせテスト入部だし。俺だって、野球のセンスもないことくらい薄々気づいていたさ」

「も？」

祐麒が首を傾《かし》げると、彼は指を折りながら言った。

「サッカー部だろ？　テニス部だろ？　それに陸上部だったかな。試してみたけど、どれもピンと来なくてさ」

それで、どこも本入部には至《いた》らなかったらしい。

「でも、源氏に入ったからには、何かしらの運動部に籍《せき》を置くのが普通だし」

困ったものだろ、と頭をかきながらニカッと笑う。その笑顔を見て、祐麒は思い出した。

「お前、入学式の朝、関所《せきしょ》前でぶつかった——」

「えっ、ああ、そうか。どこかで見たことがあると思った」

俺たち縁があるな、そう言って祐麒の肩を叩《たた》いた後、彼は自己紹介した。

「俺、一年C組の高田鉄《たかだまがね》」

「あ、俺は」

「わかってるよ、福沢だろ」

そんなに有名人になってしまったのかと思って身構えたが、そうではなかった。

「だって、さっき野球部のヤツがそう呼んでたじゃん」

高田はキョトンとして言った。

「えっ、違った？」

「いや、福沢だよ」

だから、祐麒はそう言って笑った。

「お前、野球やっていたんだろ?」

校舎の外壁に寄りかかりながら、高田が尋《たず》ねてきた。

「ああ。地元のリトルリーグ、その後リトルシニア」

校舎より少し下がったグラウンドが、ここからはよく見える。トラックでは、陸上部がハードルの練習をしていた。

「どうしてやめたんだ」

「肩壊してさ。日常生活はどうってことないんだけど、野球続けたらそれも保証できなくなるって医者に言われて」

日常生活に支障《ししょう》をきたすくらい悪くなったら、もちろん野球だって続けられない。やめるしかなかった。

「ピッチャーだったのか」

「そうだよ」

「甲子園《こうしえん》とか目指していたんだろ」

「そうさ。強豪校に、内々だけど推薦《すいせん》入学が決まっていた。だけど、はりきりすぎて監督が決めたメニュー以外に、投げ込んで、肩駄目《だめ》にしたんだから、世話ないよ」

野球ができなくなったからには、野球の名門校に進学する意味もなくなる。まだ間に合ったから、花寺学院高校の優先入学を希望して進学した。

1－C
高田

ほぼエスカレーター式の学校を飛び出すには、原動力になる強い理由付けが必要だ。野球に変わる新たな目標を見つけて、他校を受験するなんてこと、とてもじゃないけれど無理だった。

だから祐麒にしてみれば、花寺学院高校は中三の半《なか》ばまで行く気がなかった高校である。源氏や平氏、烏帽子親について疎《うと》いのも、自分とは無縁のものとして脇《わき》に追いやっていたからなのだ。

「それだけじゃないだろ」

「え？」

「いや、何となく。お前が野球に関して抱いてる思いって、もっと複雑そうだな、って。……違うならごめん」

高田はそう言ったけれど、「何となく」なんていう漠然《ばくぜん》とした勘《かん》は、結構当たるものなのだ。

「違わない」

祐麒はうつむいて言った。肩を壊して野球をやめた、それは自分自身の問題だけに留まらなかった。

「中学時代、俺には仲がよかった友達が二人いたんだ。学校の中に一人、リトルシニアに一人」

「うん」

「でも、俺が野球をやめて花寺の高校に入ったことで、友達二人の運命も狂わせちゃったんだ。どっちも、俺のこと恨《うら》んでると思う」

ほぼ初対面といってもいい人間相手に、何言ってるんだろう。否《いな》、よく知らない人間にだからこそ、しゃべってしまうこともある。

高田は具体的に何があったのか追及することもなく、ただ黙って聞いてくれた。そして、一言「それは、辛《つら》かったな」と言って、祐麒の肩を叩いた。

高田に話してみて、祐麒はわかった。

自分の挫折《ざせつ》やその後の選択で友達を失ったことは、確かに辛い経験だった。けれど、それを誰にも話せなかったこともまた、辛かったのだ。

「あ。福沢って、もしかしてお前B組の福沢祐麒？　あの、生徒会室に呼び出された。ちょー格好いいじゃん」

そういうノリのヤツだから。

高田は、その後も通学路や校内で会えば必ず声をかけてくるのだった。

3

「友達、できたみたいじゃないか」

金曜日の朝、源氏の山道を歩いていると、後ろから近づいてきた生徒が祐麒に並んだ。

「源氏に一人、平氏に一人。ずいぶんタイプが違う二人だが」

それが柏木《かしわぎ》だったので、皮肉の一つも言いたくなった。

「生徒会って、ずいぶん暇《ひま》なんですね。俺みたいな一般生徒の動きを、監視してるんだから」

「暇じゃないよ。だからこうして通学時間を利用して、君と会っているんだ」

「へえ。視界が狭い山道の方が人目につかないから、かと思った」

柏木が接触してくるのは、源氏の道を歩いている時だけだ。平氏の道を歩くのは、大抵《たいてい》アリスと一緒の時だったから、声をかけづらい状況ではあるだろうが。

「まあね。僕もアンドレの怒りは怖いから、人目がないに越したことはない」

そう言って笑う。柏木の言う通り、現在前を見ても後ろを振り返っても、源氏の生徒の姿は確認できなかった。

「でも、二人じゃ四人までにまだ二人も足りない。どうするユキチ」

「うるさいな」

人と関《かか》わりを持つ。それによって自分に訪れるのは、いいことばかりじゃない。

柏木が言う通り、アリスと高田は自分の友達だ。少なくとも、祐麒はそう思っている。こんな厳《きび》しい状況の中で得た、大切な友だからこそ、売り言葉に買い言葉で応じた賭《か》けなんかに巻き込んでいいのか、そう悩んでしまうのだ。

アンドレを納得させるためには、二人を生徒会室に連れていかなければならない。福沢祐麒の友達というらく印を押されてしまった彼らは、ホームであるはずの源氏や平氏で、肩身の狭い思いをするに決まっている。それがわかっているのに、連れていくなんて、それが友達のやることだろうか。

勝負を知った時の、彼らの反応も怖かった。友達を作る必要に迫られて親しくなった、そんな風に思われるのは辛かった。

「ずいぶんイライラしているな」

柏木が大らかに笑った。

「俺はいつだってそうなんだよ。後先《あとさき》のことを考えないで突っ走るから、失敗ばかりする」

「今回の勝負も、そうだと？」

「違うかよ。負けたら生徒会でこき使われるなんて、どう考えても不公平だ。たとえ俺が勝ったとしても、現状維持《いじ》でしかないんだぜ？」

それは今更言うことでも、柏木に当たることでもない。でも、祐麒は言わずにいられなかった。心の中で、一人悶々《もんもん》と堂々巡《めぐ》りすることに疲れていた。だから、それが柏木である必要もないし、建設的な意見が欲しかったわけでもない。このモヤモヤした思いを、どこかに吐き出したかっただけだった。

「君は、行動だけじゃなくて、思考の方も突っ走るんだな」

聞こえてきたのは、呆《あき》れたようなつぶやきだった。

「え？」

「アンドレが君に宣戦布告した理由には、賛成しづらいところはあるが。僕はこの勝負、一概《いちがい》に不平等とは言い切れないと思った。だから、あの場では黙っていたんだよ」

どう考えても公平性に欠けると判断したなら、割って入って止めていた、と柏木は真顔《まがお》で言った。あの時何か言いかけたのに、アンドレに一喝《いっかつ》されて黙ったくせに、と祐麒は思ったが、そこを突っ込むと話が先に進まないので受け流した。

「不平等じゃない、って、どういう意味だよ」

すると柏木は、左手の指を一本立てて笑った。

「まず第一に、勝負の行方《ゆくえ》は終始君が握っている。ということは、君のがんばり次第《しだい》でどうにでも転がるということ。アンドレは何もできず、ただ約束の日が来るのを待つだけだ」

「第二は？」

第一があるからには、第二もあるはずだった。案の定、柏木の左手に二本目の指が立てられる。

「勝った場合、君が得るものは、決して現状維持だけではないということ。たとえ負けても、結果生徒会でこき使われたとしても、それに見合う、いやそれ以上のご褒美《ほうび》がおまけで付いてくるだろう」

「それ、何だよ」

勝っても負けても、損《そん》はしないという。まったく意味がわからない。

「少しは自分で考えたらどうだ」

教えてくれそうもないので、祐麒は質問を変えた。

「アンドレは、そこまで考えて、俺に勝負を挑《いど》んだって……？」

「さあ？　でも、たぶん考えてはいないと思うな。あいつの場合、あの時君を下僕《げぼく》のようにこき使うことしか頭になかったようだから。それよりユキチ」

柏木は立ち止まって、祐麒の顔を覗き込んできた。息がかかる。あと十センチも近づけば、唇《くちびる》同士がくっつき合いそうなくらいの接近だ。

「せめて、アンドレの下に先輩くらいつけてやれよ。あいつは二年生で、君は一年生なんだから」

「じゃ、あなたのことも、光《ひかる》の君《きみ》先輩と呼ばなきゃいけないんですか」

まさか男同士でキスはしまい。だからこれはチキンレースだ、と祐麒は思った。先に顔を背《そむ》けた方が負けなのだ。

「光の君、には敬称はいらない。先輩をつけたければ、光先輩、もしくは柏木先輩と呼びたまえ。どれでも返事をするよ」

柏木はニヤリと笑うと、顔を離した。だから祐麒は、つい油断してしまったのだ。ほっと息を吐いたところに、ビデオの巻き戻しみたいに柏木の唇が帰ってきて、祐麒の唇に一瞬触れた。

「詰《つ》めが甘いな。ユキチ」

勝ち誇ったように見下ろす柏木を、祐麒は精一杯《せいいっぱい》の負けん気で冷ややかに見返した。

「……先輩はホモですか」

「さあ？」

さあ、って。男にキスする男はそうだろう。十五歳、恋愛経験ゼロの祐麒には、そんなストレートな解答しか思い浮かばなかった。

「じゃ、また」

柏木は祐麒の肩を軽く叩いてから、小走りで源氏の道を下っていった。

(うわーっ。ファーストキスが男とかよ)

そのショックは、じわじわと祐麒の身体《からだ》にまとわりついてきた。とにかく唇を拭《ぬぐ》おうと思った時、背後から「福沢」と呼ばれた。

「高田……」

いつからそこにいたのか、キスシーンを目撃されてしまったのだろうか。考えすぎて、唇の側に手を持っていくことさえできなくなった。

「今ちらっと後ろ姿が見えた人、生徒会長じゃないか」

「う、うん。そうみたいだね」

高田は、まったく気づいていないようだった。もう見えない彼《か》の人の、影なりとも落ちてやしないかと背伸びする。

「あの人、すごいよな。一年生の時、源氏と平氏の両方が取り合いしたらしいぜ。話し合いで決着がつかなくて、結局両方に所属することになったんだって」

世の中どちらからも爪弾《つまはじ》きされている人間もいるっていうのに、大違いだ。それから高田は、柏木の生徒手帳カバーは、表と裏で色が違うらしいと教えてくれた。しかし彼も表が紅《あか》なのか白なのかまでは、知らないらしい。

「で、生徒会長と何の話していたんだ」

「え？　挨拶《あいさつ》程度だよ」

まさかキスされてましたとは言えないので、祐麒は適当に誤魔化《ごまか》した。

「ふうん」

高田は白《しら》けたような相づちを打って、それ以上は詮索《せんさく》してこなかった。

4

昼休み、弁当を食べてから訪れた図書室で、祐麒は不思議な光景を目撃した。

アリスと高田が、閲覧室《えつらん》の隅《すみ》の席で椅子《いす》を寄せ合って話をしている。

(あの二人、知り合いだったのか)

何を夢中で話しているのか知らないが、祐麒が見ていることにはまったく気づいていない。

自分とアリス、自分と高田、という関係を意識したことはあっても、アリスと高田が自分のいない所で親しくしているなんて、考えたこともなかった。

あの二人は平氏と源氏という対立する派閥《はばつ》に、それぞれ属している。どちらも別の中学からの編入組だし、クラスもA組C組と離れている。だから自然と、接点はないものと思い込んでいた。

でも、考えてみたら、祐麒と仲よくしてくれるような二人なのだ。もともと派閥やクラスの垣根《かきね》なんて、気にしないタイプの人間なのかもしれない。

どっちもすごくいいヤツだ。きっかけがあれば、すぐにでも仲よくなるだろう。

別に悪いことをしているわけではない。けれど、祐麒は声もかけずに逃げるように図書室を出た。

友達って何だろう、って考えた。


その日は、ふと気がつくと高田やアリスのことが頭に浮かんでしょうがなかった。

そんな状態でベッドに入ったせいか、その夜は奇妙な夢をみた。

温かくてやわらかい布団《ふとん》にくるまって、祐麒はとろとろとしている。すぐ側には、自分のものではない心臓の音があって安心できた。手を伸ばしてみたけれど、何かに阻《はば》まれて触れることはできない。でも、確かにそこにある、小さい小さい心臓の音。

いつまでもこうしていたいけれど、たぶんそうもいかないんだろうな。夢の中の祐麒は、微睡《まどろ》みながらぼんやりとそんなことを考えている。長居すればその分だけ、この場所はどんどん狭くなっていくのだから。

（早く出よう）

小さな心臓の主が、祐麒に囁《ささや》く。それは言葉になっていない言葉だけれど、まだ言葉を持ち得ない祐麒にはちゃんと届いた。

（狭い場所から出て、一緒に遊ぼう）

その声にうなずいて、祐麒は外に出た。まだ居心地《いごこち》のいいその場所には未練があったけれど、いつかは出ていかなければならないのだ。ほんの少しの不安。でも、いつも側にいたそいつと一緒ならば、きっと大丈夫だってそう思った。

けれど、外の世界に出たら、隣に誰もいなかった。

何でいないんだろう。どこへ行ってしまったんだろう。探してみたけれど、見つからない。

そのうち、そいつじゃない別の友達ができた。それでひとまず、探すのをやめた。遊んでいると、お祖母《ばあ》ちゃんの声が聞こえてきた。

(この子がみきのお腹《なか》にいる時、双子だって話で)

いつの間にか、祐麒は山梨のお祖母ちゃんの家のお茶の間にいた。

(祐巳《ゆみ》もまだ小さいし、三人の乳幼児《にゅうようじ》を一人で面倒《めんどう》みるのは大変でしょう？　祐一郎《ゆういちろう》さんは、その頃独立するとかしないとかで忙しかったし。私が東京に行って手伝うか、一人こっちに引き取るか、そんなことも考えたわけよ)

祐麒はこの話を知っている。だから寝たふりをして、お祖母ちゃんの話が終わるのを息をひそめて待っている。

(早産で未熟児だったから心配もしたけれど、でも今はこんなに元気だし。二人だって覚悟していたから、一人でちょっとがっかりしたけどね)

じゃ、残りの一人はどうなったんだよ。いつからいなくなったんだよ。

起き上がって聞けばいい。でも、できなかった。確かめるのが怖かった。

逃げよう。

このままここにいたら、恐ろしい話を耳にしてしまいそうだ。

(お前のせいだ)

「違う」

(お前はもう一人の命を犠牲《ぎせい》にしてのうのうと生きている)

迫ってくる声に、耳をふさぐ。

闇雲《やみくも》に走り回っているうちに、中学で仲よくしていた船村《ふなむら》に会った。

「船村」

(福沢、俺に言いたいことない？)

「言いたいこと？」

首を傾げると、船村は苦笑した。

(いつもそうだ、お前は。自分の都合で周りを引っかき回して、それでいてその自覚がない)

「後悔している。お前に悪いことをしたって思っている」

(今更)

船村は背を向けて歩き出した。

「待ってくれ」

祐麒は腕をつかんだ。すると振り返ったのは、リトルシニアで一緒だった柴田《しばた》だった。

(福沢。俺たち、いいバッテリーだと思わねぇ？　高校入ったら、甲子園で強豪校軒並《のきな》みノックダウンさせてさ、一緒に巨人《きよじん》に入ろうぜ)

何、言ってんだよ。

「巨人ったって、ドラフトがあるんだからさ」

そう言いかけて、思い出す。もう、自分はそんな夢を語る資格もないのだった。黙っていたら、柴田が言った。

（お前がやめるんだったら、俺もやめる）

「やめるなよ。俺の分まで、がんばれよ」

柴田は、肩を壊したわけじゃない。高校に行って、そこで出会ういいピッチャーの投げるボールを、いくらでも受ければいい。

（お前がいてこその俺じゃん。もう、いいよ。俺も降りるからさ）

「待てよ、柴田」

去っていく友を追いかける。足がもつれる。一人にしないでくれ。転びながら、後を追う。

たどり着いた先に、一人の少年がいた。

それは船村のようでも、柴田のようでもあり、また別の誰かの面影《おもかげ》もあった。そうだ、アリスと高田だ。

彼はニッコリ笑って手を振った。

（バイバイ）

「え？」

（僕らは行くから）

「どうして」

（だって君、自分勝手なんだもん）

「行くって、どこに行くんだよ」

聞いても返事はない。背中が小さくなって、やがて闇に消えた。残ったのは、一つの言葉。

(君は、思うまま一人で生きればいい)


「行かないで！」

目が覚めた時、一人ベッドの上で泣いていた。

一人は嫌《いや》だ。

祐麒は、自分の肩をきつく抱いた。

5

土曜日の朝、少し早く登校して分かれ道で立っていると、校門から高田がやって来るのが見えた。

「おはよう」

高田でもアリスでもいい。祐麒は先に来た方と一緒に、校舎まで歩こうと思っていた。

「おはよう」

高田はいつものように挨拶してから、源氏の道を進む。祐麒はそれを追いかけた。

「話でもあるのか」

高田は尋ねてきた。

「いや、別に」

とっさに、そう答えてしまった。本当は、アリスのことを聞きたいと思っていた。いつから知り合いなのか、とか。二人は、祐麒の共通の友人であることを知っているのか、とか。

でもそれは、こんな風《ふう》に直接的ではなく、雑談の延長線上に載《の》せるべき話題だった。自分が気にしているということを、祐麒はなぜだか悟られたくなかった。

「そうか。何か話したいことがあって、俺を待っていたのかと思ったんだが」

高田はそう言うと、「なら、悪いけど」と突然スピードを上げて、祐麒を置いていった。

「えっ、どうしたんだ」

「日直《にっちょく》なんだ。急ぐから先に行かせてもらう」

二人で一緒に走っていくという選択肢《し》は、高田にはなかったらしい。

「忙しい男だな」

今更引き返して平氏の道でアリスを捕まえるのも不自然なので、祐麒は高田が突風のように吹き抜けていった道を、一人歩いていった。

そんなことは、一々気にする出来事ではない。だから祐麒も、靴を上履《うわば》きに履《は》き替えたり、廊下を歩いたりしているうちにすっかり忘れた。それより、一時間目の授業の予習をしてこなかったことの方が気がかりだった。

しかし、一年C組の教室の前まで来た時、頭の中は高田のことで一杯になった。

開け放たれた扉から何気なく中を覗いた時に見えた黒板の右隅に書かれた日直の欄《らん》に、『高田』の苗字《みようじ》がなかったのである。


これは、どう考えるべきなのだろう。
①高田が日直の日を間違えていた。
②昨日の日直が、次の日直の名前を書き直さずに帰った。
③高田の本当の苗字は高田ではない。
④日直でもないのに、高田が嘘《うそ》を言った。
しかし、自分が今日日直だったということを忘れることはあっても、日直でもないのに日直だと思い込むなんてこと、果たしてあるだろうか。だから、①である可能性は低いと思われる。
②は、ありそうに思えるが、たぶん違う。日直の名前の上に日付が書かれていたが、それはちゃんと今日の日付に間違いなかった。書き忘れたのなら、日付も昨日のままになっていない

とおかしい。
③はどうだ。祐麒が高田だと思い込んでいただけで、実は彼は高田ではなく、日直の欄に書かれた名前だったという可能性はあるのか。
(……ないな)

二度目に高田と会った時、彼は体操着を着ていた。その胸もとには『1―C高田』というゼッケンが、しっかり縫《ぬ》いつけられていた。

そう考えると、④の可能性が高いのではないか。仮に④だったとして、どうして高田は嘘をついたのか。

(先に行くための口実か)

では、なぜ先に行く必要があるのか。祐麒の姿を見るまで、高田は急いでいる素振りではなかった。そこから導き出される答えは――。

(俺、避けられている?)

認めたくないが、そうとしか考えられなかった。

「福沢、さっきから難しい顔をしているが、何かわからないところでもあるのか」

しわがれた男声《だんせい》が、現実世界へと引き戻す。前を向くと、教壇から数学の教師がこちらを見て笑っている。

「いえ。すみません」

祐麒はあわてて、開いている教科書に集中した。

「それじゃ、設問の4を解いてもらおうか」

「はい」

席を立って、前の黒板まで歩いていく。クラスメイトたちが、いい気味だというような表情で笑っている。

さっきはないと答えたが、わからないところは本当はある。

でも、数学の教師に聞いたところで、友達に避けられる理由なんて、教えてもらえるとは思えなかった。

休み時間に、廊下で高田に会った。確かに目と目が合ったのに、祐麒に反応することなく、クラスメイトたちとしゃべりながら消えていった。

気のせいでも何でもない。

祐麒は、高田に避けられているのだ。

苦くてしょっぱい週末

1

やっぱり、関《かか》わりたくないのだろうか。無所属で、その上生徒会役員に目をつけられているヤツとなんて。

もしかしたら、高田《たかだ》はどこかで噂《うわさ》を耳にしたのかもしれない。友達四人を連れて来られるかという、アンドレとの勝負のことを。それで友達なんて紹介されるのは迷惑だと、急に距離を置くようになった。それならわかる。

わかるけれど——。

(俺は、高田に頼むつもりはなかった)

アリスだって、同じだ。

友達だよね、そんな風《ふう》に確認し合うのは嫌《いや》だった。それによって、今までの心地いい関係がほんの少しでも変わってしまうことを、祐麒《ゆうき》は恐れた。

友達というラベルなんかいらない。このままでいい。このままがいい。

この関係を守れるのなら、一年間こき使われたっていい。そう思えるほどだった。

(なのに)

祐麒は拳《こぶし》を壁に叩《たた》きつけた。すると、間《ま》を置かず。

「何事!?」

扉が開いて、姉の祐巳《ゆみ》が部屋に飛び込んできた。

(やべっ)

思わず叩いてしまったが、ここは家で、壁一枚挟《はさ》んだ隣の部屋には祐巳がいたのだった。

「ごめん。ちょっと寝ぼけた」

「寝ぼけたー? 寝相《ねぞう》悪いな。っていうか、何寝てるの」

ちょっと苦しい言い訳かとも思ったが、ベッドに寝っ転がって考え事をしていたので、不自然ではなかったらしい。祐巳は勝手に、足で壁を蹴《け》ったものと勘違《かんちが》いしてくれた。

「今五時だよ。変な時間に寝ると、夜眠れなくならない? それとも具合でも悪い?」

「大丈夫」

そう答えると、祐巳は「ならいいけど」と言ってベッドの端に腰掛けた。

「あ、そうだ。今日、駅で船村《ふなむら》君に会ったよ」

「船村?」

祐麒はベッドから身を起こした。

「船村って、あの船村？」

「そうだよ。祐麒が中学の時仲よくしてもらった、あの船村君。学校の帰りだったみたい。私服のせいかな、髪型かな、前より明るい雰囲気《ふんいき》で、すぐにはわからなかった。祐麒のこと、気にしてたよ」

「気にしてた？　嘘《うそ》」

思わず口をついて出た「嘘」を、祐巳は聞き逃さない。

「何で私が嘘つくの？」

確かに、そうする理由なんてまったくない。祐麒の悩みを知らない祐巳が、弟を励《はげ》まそうと思って作り話をしたとも考えにくい。

「船村君言ってたよ。元気ですか、福沢《ふくざわ》君によろしくって」

だから祐巳の言葉は、大げさでも控《ひか》えめでもなく、船村の言葉そのもののはずだ。

「そうか」

祐麒は天井を見上げた。

「船村、前より明るくなっていたって？」

「うん」

「新しい学校、楽しいのかな」

「そうだね、そんな感じ。一緒に友達がいたよ」

「友達……そっか」

「何で、泣くの」

祐巳に指摘《してき》されるまで、自分の瞳《ひとみ》から涙があふれそうになっていることに気づかなかった。

「何でだろう」

うれし泣きでも、悔《くや》し泣きでもなくて、張り詰めていた物がふっとゆるんだ、そんな感じの涙だった。船村が今、楽しく毎日を過ごしているとしたら、そう考えるだけで祐麒は救われた。

「祐麒、船村君に何かしたの？」

うんとうなずくと、あふれた涙がぽろぽろと頰《ほお》を伝ってジーパンの股《もも》の辺《あた》りに水玉模様を作った。もう泣き顔も見られてしまったし、何となく祐巳にになら話してもいいと思った。

「俺、推薦《すいせん》で余所《よそ》の学校に行くつもりだったろ？　でも、肩を壊して野球やめて、まだ間に合うからって担任に言われて、優先入学に切り替えて花寺《はなでら》高校に滑り込んだじゃない」

「うん」

「でも、優先にも定員ってあったんだよ。俺、バカだからさ、そんなこと気づかなくて。優先希望していたのに入れなかった人間もいたんだ」

「それが船村君だっていうの」

「そうだよ」

予定では、祐麒が花寺を出て、船村が残るはずだった。そうだ。船村は、高校では源氏《げんじ》に入りたいと言っていたかもしれない。

「もしかして、それ、ずっと悩んでいたの？」

呆《あき》れたように、祐巳が言った。

「ああ」

中三の二学期に入って、船村が祐麒と距離をとるようになった。一緒に帰ろうと誘っても断られたり、頻繁《ひんぱん》に日曜日に遊んだりしていた習慣もぷっつりとなくなった。ずいぶん経《た》ってから、夏休み中から受験のための補習や塾に通っていたことを知った。一学期中に、進路指導の先生から、この成績では優先入学は厳《きび》しいと宣告されていたらしい。

優先入学許可の書類を受け取った時、初めて船村がその書類を持っていないことに気づいた。それまで祐麒は、高校でまた一緒に過ごせるものと信じていた。

「俺はいつでもそうなんだ。誰かの犠牲《ぎせい》の上に立っていたとしても、それに気づかないままのほほんと生きている」

「何なの、それ」

「祐巳にはわからないよ。俺の気持ちなんか」

大きな挫折《ざせつ》もなく、明るく楽しく毎日を送っている。たぶん友達だってたくさんいる。そんな人にはわからない。

「祐麒は汚い手を使ったわけじゃないんでしょ？　祐麒が優先入学を選んだ時、まだ締め切り前だったんだから、それは正規の手順を踏んだはずだよ。祐麒とは逆に、締め切り直前に優先から受験に切り替えた生徒だっていたはずだよ。だから――」

「もう、いいよ」

「へっ？」

「船村が元気なら、それでいいんだ」

熱弁をふるっていた祐巳は、気が抜けたように「あ、そ」と言った。

「他は？」

「え？」

「まだあるんでしょ、吐いておしまい。お姉ちゃんが楽にしてあげる」

ほらほら、と詰め寄る。どうやら人生相談もどきが楽しくなってきたらしい。

「じ、じゃあリトルシニアでバッテリー組んでた柴田《しばた》が、野球やめたのって、俺のせいかな」

渦中《かちゅう》にある高田の件は、あまりに生々《なまなま》しくて相談できなかった。

「何で？」

「何で、って。俺が野球やめたから」

すると、祐巳は真顔《まがお》でじっと祐麒の顔を見た。

「さっきもチラッと思ったんだけど、祐麒ってそんなに偉いの？」

だった。

そんなに偉いのか、って。ちょっと前に、誰かに言ったり言われたりした覚えのあるセリフだった。

「はっ？」

「何だよ、それ」

「だからさ。祐麒が何か小さな行動をするたびに、周りにいる人間が、人生変わるくらい動揺しちゃうわけ？」

「しない……、と思う」

政治家とか芸能人とかじゃあるまいし、ただの十代の男子に、人の人生を変えるほどの力なんて、そうそうあるはずなかった。

みんな、そんなにヤワだったのか。それって、見くびり過ぎではないのか。

「その子だって、受験勉強のために野球を中断しただけかもしれない。高校に入ったら、別にやりたいことがあったのかもしれない。仮に、祐麒がやめたからつられてやめたんだとしても、それは最初からそんなに野球に執着していなかったってことでしょ」

「ああ……」

この世界は三次元だ。同じ物を見ても、見る人の位置や角度によって、まったく別の形に見えることがある。だったら、もっと動き回っていろいろな場所から眺《なが》めてみればいい。祐巳は、そのことを教えてくれた。

「俺さ。姉《きようだい》がいて良かったって、久々思った」

感謝の気持ちを素直に言葉にしたつもりなのに。

「普段から思え！」

祐巳はぐしゃぐしゃと乱暴に、祐麒の頭をかき混ぜた。

「ちょっ、勘弁《かんべん》して」

ベッドの上で逃げ回りながら、ここにもう一人いたら、三人きょうだいだったら、どんな関係になったのだろうと思った。

「祐麒？」

頭を隠して仰向《あおむ》けになったまま動かなくなった弟を見て、祐巳が心配そうに尋《たず》ねてくる。

「どうしたの？」

祐麒は首を横に振った。考えたって、しょうがないんだ。現に、ここにいないのだから。

でも。

男の子だったら、一緒に花寺学院に通っていたはずだ。

女の子だったら、祐巳と一緒にリリアン女学園。年子《としご》の姉と同学年っていうのは、何かと比べられてちょっとかわいそうだ。

「何て名前だったんだろう。やっぱり「祐」の字がついていたのかな」

祐麒は、寝返りを打った。

「え？」

「俺の片割れ。生まれなかった方」

つぶやくと、祐巳はキョトンとした顔をした。

「何のこと？」

「祐巳、知らないの？」

そんなバカな、と祐麒は身を起こした。

「だから、何の話？」

「俺、双子《ふたご》だったんだろ？」

自分は聞かされていなくても、姉の祐巳は知っていると思っていた。でも、そうだ。姉とはいえ、ほぼ一年しか違わない祐巳に、その時の記憶なんてあるわけがない。

「誰が言ったの、そんな嘘」

「面と向かっては言われてないけど。でも、感じるんだよ」

小さな心臓の音、言葉にならない会話、お祖母《ばあ》ちゃんが誰かに話していた言葉——。

「意味わかんない。祐麒は一人じゃない。じゃ、もう一人はどこに行っちゃったのよ。私戸籍《こせき》見たことあるけど、うちの子供は私と祐麒しかいなかったよ」

「だから、生まれなかったんだろ」

「祐麒、まだ寝ぼけているんじゃない？」

祐巳はカラカラと笑った。しかし、徐々《じょじょ》にその笑いに力がなくなってきて、やがて深刻な表情に変わっていく。

「祐麒」

ベッドから降りて立ち上がった祐巳は、祐麒の腕をむんずとつかむ。

「な、何」

「お母さんに聞きにいく」

「えっ」

「私たちがここで考えているより、産んだ人に聞いた方が早いし」

「ちょっと待って。心の準備が」

これまでそんな話が出なかったってことは、この話題、この家ではタブーなんじゃないのか。

「これは祐麒だけの問題じゃないよ。もしそれが本当だったら、私にとっても妹か弟なんだから。ちょうどいい。土曜日だから、お父さんも帰っているし」

祐麒を引きずるようにして、祐巳は部屋を出てどんどん階段を下りていく。いつもはぐずぐずしているくせに、こうと決めたら迷いがない。段差がある所で抵抗したらケガをしそうなので、祐麒は観念して姉の後に続いた。

2

「へ？　何の話？」

ドキドキして切りだしたのに、母の反応は軽かった。

「祐麒が双子だったなんてことないわよ」

ねえ、と隣の父に向かって確認する。

一階に下りると、ちょうど両親が和室にいたから、子供たちは「話がある」と切りだし、そのまま家族四人は畳《たたみ》の上に正座して話を始めたのである。

「実の父親であるお父さんが、その事実を知らないってことないだろう」

「双子だったら、産んだ本人が知らないわけないでしょ」

両親は口々に言った。

「隠さなくてもいいよ」

祐麒は目を伏せた。

双子のうち、一人が死んだ。生き残ったもう一人に気を遣《つか》って、そのことを隠すことは考えられる。

「祐麒」

父が顔を覗《のぞ》き込んできた。

「仮にその話が事実だったとして、もう高校生になった息子が知りたがっているなら、お父さんもお母さんも洗いざらい話す」

そうだよな、うちの親ならそうしそうだ。祐麒はうなずいた。

「それに、たぶん仏壇買って供養《くよう》すると思うぞ」

本当だ。それは、すごく説得力がある。

あれ、こんなに簡単に納得しちゃってもいいのだろうか。

「しかし、どうしてそんなことを思ったんだ？」

「……小さい頃、お祖母ちゃんが話しているのを聞いて。俺が月足らずで生まれたのも、それと関係あるかな、って」

「お祖母ちゃん、ですって？」

母が聞き返す。うちで「お祖母ちゃん」と言ったら、だいたいは母の母を指す。父の両親は、すでに亡くなっているから。

「祐巳はまだ小さいし、三人育てるのは大変だから……とか何とか」

「聞いたの、いつ頃？」

「小学校の低学年かな。よく覚えてないけど。でも夢かも」

親と話しているうちに、だんだん自信がなくなってきた。

「そんな昔から」

母はため息をついて立ち上がった。

「祐麒。悩んでないで、どうしてすぐにお母さんに聞かないの」

言いながら、電話の所まで歩いていって子機を持ってくる。そして躊躇《ちゅうちょ》なく、親指で電話番号を押す。そらで覚えているから、たぶんお祖母ちゃんの家の番号だ。

お祖母ちゃんはすぐに電話に出た。母はやや早口で捲《まく》したてる。

「もしもし、お母さん？　うん、みき。ちょっと聞きたいんだけど、うちの祐麒って双子だったっけ？」

言い終わってすぐに、母は渋い顔をした。どうしたの、って三人が表情だけで尋ねると、子機の口の部分を押さえて「お祖母ちゃんに大爆笑された」と小さく答えた。そりゃそうだ。さっきの、産んだ本人が聞く内容じゃない。

「あー、ううん。私も祐一郎《ゆういちろう》さんも知らないところで、そんな噂が流れてたみたいで」

勘違《かんちが》いかもしれないし、気にされても困るからだろう、母は、祐麒がお祖母ちゃんから聞いたという情報は伏せて話をしてくれた。その様子から、やっぱり両親は嘘を言っていないんだろうとぼんやり思った。

「ああ、そう。えー、そうなの？　それでか。わかった、ありがとう。ううん、気になったから聞いてみただけ。はいはい、じゃまた」

子機の「切」ボタンを押した母を、父・祐巳・祐麒の三人は取り囲んで尋ねた。

「何だって？」

「お祖母ちゃんも、生まれたのは祐麒一人だって言ってるわよ」

そんなの確認するまでもなかったけどね、と母は首をすくめた。

「じゃ、双子の話は初耳だって？」

祐巳が重ねて尋ねる。すると母は。

「そういう話もあったね、だって」

「え？」

ということは、祐麒が夢でみた話を現実と思い込んでしまった、というわけでもなさそうだ。

「祐麒がお腹《なか》にいる時、五カ月だったか六カ月だったか忘れたけど、山梨のお祖母ちゃん家《ち》に行ったことがあってね。普通の五カ月よりずっと大きなお腹してたから、近所の人がどうやら双子らしいって噂したんだって。それを真《ま》に受けてお祖母ちゃんは、生まれたらしばらくは手伝いに行かなきゃって考えたらしいわ。でも、昔と違って、生まれるまでわからないなんてことないから、すぐに誤解は解けたようだけれど」

男か女かもわかる時代、胎児《たいじ》の数がわからないはずがない。

「待って。祐麒は未熟児で生まれたんでしょ。なのに、何でお母さんのお腹が普通より大きかったの？」

過熟児《かじゅくじ》ならともかく、って。確かに祐巳の指摘にはうなずける。さすがは女というべきか。祐麒はといえば、その手の話はなかなかリアルな想像力を発揮《はっき》できずに、黙って聞いているだけである。

「子宮《しきゅう》に結構大きな筋腫《きんしゅ》があったから」

「子宮に筋腫!?」

筋腫、っていったら何だ。えーっと。

「良性の腫瘍《しゅよう》、だ。筋肉にできる瘤《こぶ》みたいな物だな」

父が説明する。それで、筋腫の意味はわかった。しかし、大きいっていっても、その瘤が五カ月前後の胎児一人分に相当する大きさ、ってありなのか。

（……ありなんだろうな）

母と祐巳がしていたその筋腫をとる手術の話が、やけに生々しかったから、強引に納得した。

「というわけで祐麒、よかったね」

部屋に引き上げる途中、脱力した祐麒の肩を祐巳がポンポンと叩いた。それを軽く払って、ため息をつく。

「よくないよ」

自分は何年もの間、いもしない死んだきょうだいのことを思い悩んでいたことになる。何だ、それ。馬鹿《ばか》じゃないか。

「よくなくない、ってば」

祐巳が笑う。

「何でさ」

「今後、そのこと考えてどんよりしないで済むから」

なるほど。

「いい、祐麒？　コップに半分の水が入っています」

「もう半分しかない、と思うか、まだ半分ある、と思うか、だろ」

たぶん自分の事だったら、「コップにもう半分しかない」と思うくせに。喉《のど》もとまで出かかったが、言わずにおいた。

「何だ、知ってるの？」

「その話、もう手垢《てあか》がべっとりついてるぜ。結婚式のスピーチで定番の『三つの袋』くらい」

「三つの袋、って何？」

祐巳が目を輝かせて聞き返す。やべ。余計なこと口にしちゃった。

「……忘れた」

「嘘だ。今、一瞬すごく面倒《めんどう》くさそうな顔したもん」

変なところで勘がいいんだから。

「本当だって。そうだ、親父《おやじ》が持ってるスピーチの本に載ってるから、知りたいなら読んでみれば？」

「そうする」

回れ右した姉の後ろ姿を敬礼のポーズで見送ってから、祐麒は階段を上り始めた。

「なぁんだ」

蓋《ふた》を開けてみたら、そんなことか。

身体《からだ》が軽くなる。それだけじゃなく、自分に力が湧《わ》いてくるのを感じていた。

そうか。

突っ走ったって、大丈夫なんだ。

自分の影響力なんて、たかが知れてる。

当たって砕《くだ》けろ、なんてね。

＊　＊　＊

じゃあ、近くに感じていた心臓の記憶とか、言葉にならないメッセージとかの正体は何だったかという話だが。

後で聞いた話によると、まだしゃべる前の祐巳がよく母に抱かれながら、膨《ふく》らんだ腹に向かって意味不明の言葉を話しかけていたらしい。

もちろん、胎児の頃の記憶が未《いま》だに残っているなんて、現実問題としてかなり怪《あや》しい話だから、双子だったかもしれないと勘違いして以降に作り上げられてしまった、祐麒の記憶なのかもしれないけれど。

それでも、そんな話を聞いてしまった日には。

不覚にも、姉のことを大切にしなきゃ、とか思ってしまうじゃないか。

熱い友情

1

ネクストバッターズサークルでバットを振っている時間が長く感じるように、覚悟を決めた祐麒《ゆうき》には学校のない日曜日がとてつもなく長かった。

いつもは、休みの終わりが近づいたことを知らされてもの悲しくなる夕方の演芸番組のテーマソングも、アニメのエンディングの映像も、ウェルカム。寝過ごさないように、夜は九時半に布団《ふとん》にもぐった。

そうして迎えた月曜日の朝。

正直、一週間前はこんなにやる気満々で登校する今日の自分を想像してはいなかった。

烏帽子親《えぼしおや》もいない。

友達も四人できなかった。

状況はあの日からまったく変わっていないといっていい程なのに、気持ちは違う。

高校の正門前でバスを降りると、一緒に降りた生徒の中にアリスがいた。

「おはよう」

明るく声をかけると、アリスはぶっ切ら棒に「おはよう」と返してきた。

「俺、何か嫌われるようなことしたかな。高田《たかだ》にも避けられているみたいだし」

先に歩き出したアリスを追いかけながら、祐麒は尋《たず》ねた。

「高田君は、嫌っているんじゃないよ。怒っているの」

「え？」

「私もだよ」

受け答えはしてくれるものの、依然《いぜん》として笑顔はない。

「それって、生徒会のアンドレ先輩と俺に関係ある？」

「大ありだよ。何で、私たちに一言も相談してくれないわけ？」

アリスは、祐麒を睨《にら》んで言った。

一週間前に生徒会室の外に集まっていた野次馬《やじうま》が立ち聞きしていたのか、中にいた誰かが故《こ》意《い》に流したかは知らないが、祐麒とアンドレの勝負の噂《うわさ》は、生徒たちの間ではかなり広まっていたらしい。源氏《げんじ》にも平氏《へいし》にも属していない祐麒には、もちろんそんな情報が耳に入ってくることはなかった。

「福沢《ふくざわ》君さ、水くさいって言葉知ってる？」

「えっ」

「一緒に生徒会室に行ってくれって、私も高田君も言ってくれるのを待っていたんだよ」

「アリス……」

友達だと思われることが迷惑なんじゃない、友達だって祐麒に言ってもらえないのが口惜《くちお》しかった、そうアリスは言っているのだ。

友達を巻き込みたくないと思った祐麒のそれに比べて、ずっと正しい友情のあり方だと思われた。

「ごめん。……で、今更《いまさら》だけど、一緒に来てくれる？　負け戦《いくさ》なんだけれど」

祐麒は、右手を出して言った。

アリスが、じっと祐麒の目を見ている。瞳《ひとみ》の中の何かを見極《みきわ》めるみたいに、真《ま》っ直《す》ぐ見ている。やがて、納得がいったのか、祐麒の手を握り返してきた。

「うん。骨は拾ってあげる」

しかしすぐに思い直したように、「ううん」と首を横に振った。

「一緒に討《う》ち死《じ》にしてあげるよ」

何て頼もしい言葉なんだ、そう思った。

2

「——というわけで、高田、お前にも生徒会室について来て欲しい。いや、ついて来てください」

一年C組教室の前で待ち伏せして、登校してきた高田を捕まえると、祐麒は心の中のものをぶちまけた。

「ふん、やっと言ってきたか。どうせお前のことだから、俺たちに迷惑がかかるから黙っていようなんて考えてたんだろうけどな」

「図星《ずぼし》です」

一度下げた頭が、なかなか上げられない。頭を下げる前に見た顔は怖かったし、上から聞こえる野太い声もかなり不機嫌そうだし。

「有栖川《ありすがわ》と話してたんだ。ギリギリまで待っても福沢が来なかったら、俺たち二人で生徒会室に乗り込もうって。だから、頼まれなくても行くつもりだった。予定通りさ」

「じゃあ、許してくれるのか」

ガバッと頭を上げて顔を覗《のぞ》き込むと、意外にも高田は笑っていた。

「俺もさ、腹立ち紛《まぎ》れにお前を避けたり嘘《うそ》ついたりしたんだから、おあいこだ」

「嘘？　あー、日直《にっちょく》！」

思い当たって指をさすと、高田は短めに刈《か》り上げられた頭を、気まずそうにポリポリとかいた。

「気づいていたのか。大人げないことしたな」

「大人げないで、いいじゃないか」

俺たちはまだ子供なんだからさ、と祐麒は思った。

「昼休みだな」

「昼休みだ」

「武者震《むしゃぶる》いするぜ」

高田は指をポキポキと鳴らした。

男の子は、大概《たいがい》が戦《いくさ》好きなのである。

3

そして昼休み。

「腹が減っては戦はできない、って言うからな」

高田の提案で、取りあえず昼飯《ひるめし》を食べてから生徒会室に行くことになった。作戦会議も兼《か》ねるという話だったので、クラスの違う三人は外に出て、校舎に寄りかかりながら弁当箱を開いた。

「え？　高田とアリスは、前からの知り合いじゃないの？」

三人揃《そろ》うのは初めてだったから、祐麒は二人のつながりを聞いてみた。すると、言葉を交わすようになったのはつい最近だという。

「そうだよ」

おにぎりを頬張《ほおば》りながら、アリスが笑った。

「先週の金曜日の昼休みだったかな。僕が廊下を歩いていたら、突然高田君が前に回り込んできて、ちょっと顔貸せって。怖かった」

「怖いはないだろう、怖いは」

仏頂面《ぶっちょうづら》で、パック牛乳を吸い込む高田。ストローが、ズズズと音をたてた。

「ううん、怖かったの。すごい形相《ぎょうそう》で、福沢のことで知ってることがあったら話せ、って。福沢君の名前が出なかったら、ついていったりしなかったよ」

「福沢といるところ、何度か見かけたことがあったからさ。こいつなら何か知ってるかと思って。直接聞いてなくても、平氏にしか流れていない情報を持っているかもしれないから。俺も必死だったんだよ」

本人がいない所で、高田もアリスも祐麒のことをあれこれ考えてくれていたのだ。それなのに、一人でグジャグジャ悩んでいたのだから世話がない。

「それより、なー福沢。こいつの名前聞いた？」

「えっ？」

ドキッとして振り向くと、指をさされたアリスは、コンプレックスである名前の話題にも笑っている。

「金太郎《きんたろう》だよ、金太郎。金だぜ、ゴールド。格好《かっこう》いいと思わねー？　俺なんて鉄じゃん。何か、もー、って感じだよ」

「強くて丈夫《じょうぶ》な高田君らしいよ」

「そうかぁ？」

二人の友の会話を聞きながら、祐麒は目を細めた。

（たとえ負けても――）

いつだったかの、柏木《かしわぎ》の言葉を思い出す。生徒会でこき使われても、それ以上のご褒美《ほうび》がおまけで付いてくるだろう、と言っていた。

それは、具体的にアリスや高田のことを指していたのではなかったかもしれない。

でも、予感は確かに当たったのだ。

（それじゃ、勝った場合は？）

祐麒は考えた。

現状維持《いじ》だけではないという真意は、どこにあったのだろう。

4

結局、作戦らしい作戦も立てられぬまま、三人は弁当をかき込むといざ決戦の場へと向かった。

「おおっ」

生徒会室の前は、噂を聞いて事の次第をこの目で確かめようという野次馬たちが待っていて、祐麒の姿を見ると、一斉《いっせい》にわきたった。

「尻尾《しっぽ》を巻いて逃げたかと思ったぜ」

「いい根性してるな。よし、玉砕《ぎょくさい》してこい」

源氏も平氏も、口々に囃《はや》したてる。誰も、祐麒が勝つとは思っていないし、期待もしていない。

人垣《ひとがき》が割れてできた道を、祐麒を先頭に高田とアリスが歩いていくと、最前列、つまり扉の側《そば》に小林《こばやし》がいた。

「約束は四人じゃないのか」

祐麒と目が合うと、ボソッとつぶやく。

「そうだよ。でも、この二人は俺にとっては百人力でね」

やせ我慢《がまん》でも何でもない。この二人がいるから、負け戦とわかりつつ、猛々《たけだけ》しく出陣してきたのだ。

「じゃあな」

祐麒は小林に笑顔を向けると、扉を力強くノックした。

「どうぞ」

中からの声に、一度アリス、高田と顔を見交わし、小さくうなずいてからドアノブを回して中に入った。

「福沢祐麒です」

わざわざ名乗らなくたって、姿を見れば「福沢祐麒」であることくらいわかるだろうが、戦ってやつはまず自分が名乗ってから始まるものである。やあやあ我《われ》こそは——、みたいなやつだ。

とにかくそうしてまず礼儀正しく頭を下げて、それから部屋の様子を眺《なが》めると、柏木、アンドレ、ランポー、そしてどういうわけか日光《にっこう》と月光《がっこう》の姿もあった。

「おい、あの二人」

小声で後ろにいたアリスに確認すると、日光・月光ともに生徒会役員なのだと小声で教えられる。逆に、「何で知らないの」と驚かれた。情報が回ってこない無所属という存在は、学校生活においてかなり不利だと改めて実感した。

「約束を守って、来たのはお利口《りこう》だったね」

柏木は、口をナプキンで押さえながら言った。どうやら、たった今食事を終えたらしい。ついい目がいってしまう唇《くちびる》から、祐麒は目をそらした。

「最初から勝負はついているのに、のこのこと――」

アンドレは、祐麒とその後ろの二人を見てせせら笑った。

「私の目には、二人にしか見えないが。それとも、この眼鏡《めがね》がそろそろ合わなくなってしまったのかな」

一度眼鏡を外して、ハンカチでレンズを拭《ふ》いてから再びかけるアンドレ。そういった嫌味《いやみ》につき合っているのが苦痛で、祐麒はストレートに投げ込んだ。

「友達は二人です」

すると、後ろの二人は「一年A組　有栖川です」「一年C組　高田です」と自己紹介した。

「約束は四人だったのでは？」

「ええ。でも、俺には今これが精一杯《せいいっぱい》です」

「で？」

どうしろというのだ、とアンドレが促《うなが》す。さすがに許してくれないだろうな、と思って次の言葉を探していると、後ろから高田が明るく言った。

「おまけしてください」

「おまけ？」

アンドレが鼻で笑った。

「話にならんな」

それを受けて、アンドレ以外の生徒会役員たちも遠慮なく笑った。

「四人が二人じゃ、五十パーセントだろう。皿屋敷《さらやしき》のお菊《きく》は、十枚揃《そろ》いの皿が一枚足りなかっただけで、死ななきゃならなかったんだぞ。それを二人足りないのにおまけしろ、だって？　冗談も休み休み言え」

なぜここで井戸の幽霊《ゆうれい》が引き合いに出されるのかわからないが、つまりアンドレは許してくれる気はないらしい。

「そこを何とか」

「ならないな。三人連れてきて、『あと一人足りません』っていうならまだわかるが、二人って」

アンドレは腹を抱えて笑った。

その時。

「三人ならおまけしてくれるんですか」

祐麒の後方から、アリスでも高田でもない人間の声がした。

扉が開いて、そこに立っていたのは小林だった。

「僕を入れて三人です。一人足りませんが、おまけしてください」

思いがけないクラスメイトの助け船に、祐麒の頭は混乱した。それなのに小林は、祐麒を無視して真っ直ぐ歩いてくると、アンドレの前で止まった。

「一人足りませんなら、わかってもらえるんですよね？」

「うっ」

それは言葉のあやだ。ここに二人いて、これ以上は増えないと確信していたからこその言葉なわけだ。

「おまけしてやれよ、アンドレ」

柏木が言った。生徒会の他の三人は、黙って成り行きを見守っている。

「いくら光《ひかる》の君《きみ》のお口添えでも、駄目《だめ》なものは駄目です」

まあ、そうだろうな、と祐麒は思った。最初から覆《くつがえ》るとは思っていない。少しだけでも抵抗できれば、それでいい。そんな気持ちで来た。一矢《いっし》報《むく》いるってやつだ。

「約束は約束ですから。生徒会でこき使われますよ」

そう言って一歩進み出ると、アンドレはニヤリと笑い、

「いい心がけだ。では」

ズボンの脇《わき》ポケットから、何やら取りだした。

させる。

「これを見ろ。『生徒会 下僕《げぼく》』ゴム印だ」

印籠《いんろう》か未来の秘密兵器でも見せる時のように、声を張りあげ大げさなポーズで手もとを注目させる。

「急いで作らせたので、特急料金がかかってしまったが。間に合ったのは幸いだ」

肩を上下させて笑うアンドレに対して、

「アンドレ。それは、経費で落ちないぞ」

日光だか月光だかが、ボソリと言った。

「わかっている。もちろん自腹だ」

「それならいい」

さっきとは逆の大男がうなずいた。

「あの、そのゴム印、どうなさるおつもりですか。……まさか」

アリスが恐る恐るというように、口を開いた。心なしか声が震えている。

「さすが平氏の坊や。頭の回転が速い。そうだ。福沢君の生徒手帳に、この印を押してあげようと思ってね。もちろん、彼の名前の下にね」

「それだけはっ」

アリスが懇願《こんがん》した。

「今後福沢君に烏帽子親ができないとも限りません。その時のために、名前の下の欄《らん》は空《あ》けておいてください。ほら、福沢君もお願いして」

アリスは、祐麒の頭を押さえつけた。

「何なんだよ」

「生徒手帳の名前の下っていうのは、烏帽子親の名前を書く場所なんだよ」

一緒に頭を下げながら、アリスは小声で説明した。

「生徒会の下僕に、烏帽子親だと？」

アンドレは、フンと鼻を鳴らした。

「そんな心配、一生しなくていい。万が一にもそんなおっちょこちょいが出ないよう、これは親切で押してやるんだ」

「福沢、生徒手帳隠せ！」

高田が叫んだ。それに反応して右手を胸に持っていったが、○・何秒《れいてんなん》か早くアンドレの手が生徒手帳をかすめ取っていった。

「あーっ」

「残念だったな」

逃げ足も速く、アンドレは机の側までやって来ると、そこに出ていた黒のスタンプ台の蓋《ふた》を開いて、右手に持った真新しいゴム印をポンポンと押しつけた。そして、同時に左手で手際《てぎわ》よく祐麒の生徒手帳を開く。

「もうだめ」

目を覆《おお》うアリス。祐麒も覚悟を決めた。

だが。

(……え?)

いくら待っても、次の動作は訪れないのである。アンドレはゴム印を握ったまま、ストップモーションがかかったように動かなくなってしまった。

「……」

いや。今、動いた。けれどそれは、ゴム印が祐麒の生徒手帳に押される方向に、ではなかった。

「あなたって人は」

アンドレは、ゆっくりと見た。柏木の顔を。睨むと、いった方がいいかもしれない。

「悪いな、アンドレ」

睨まれた柏木はというと、カラリと笑っている。

アンドレが何に気づいたのか、それが柏木と何の関係があるのか。情報に疎《うと》い祐麒には皆目《かいもく》見当がつかなかったが、周囲を見回すとアリスも高田も小林も、生徒会の役員たちも、つまりアンドレと柏木の二人以外は誰もわかっていないようだった。

「いったい、いつ」

答えによっては、敬愛する柏木であっても許さない、アンドレはそんな目をして迫った。

「一週間前、お前が福沢祐麒に勝負を持ちかけたときには、もう」

「何ですって⁉」

聞き返すは、金剛力士立像阿形《こんごうりきしりゅうぞうあぎょう》みたいなすごい形相の男。それを受ける男は、さながらガンダーラ仏のようなアルカイックスマイルを浮かべている。

「だから、勝負は最初からついていたんだ。お前が言っていたようにな」

「だったら、なぜ言ってくださらなかったんです」

「言いかけたさ。けれど、黙っていろと言われたんだ」

完全に、二人だけで会話が進んでいる。全然、話が見えない。それでいて、緊迫した空気に、質問することさえもはばかられる。

生徒会役員の上級生たちも、同じだったのだろう。それで、賢《かしこ》い彼らは口を挟《はさ》む代わりに、目を使った。つまり、柏木とアンドレの会話を邪魔しないように近づいて、アンドレの手もとにある祐麒の生徒手帳を覗き込んだのだった。そこに、何かしらヒントがあるだろう、と。

「あ」

ランポーと日光月光兄弟は、同時に叫んだ。

「光の君の名前が」

「えっ？」

今度同時に叫んだのは、一年生四人だ。

「そんなバカな」

祐麒は飛び出していって、生徒手帳を取り上げた。柏木の名前なんか、書いてあるはずがない。ずっと携帯していた祐麒本人が、気づかないうちに書くなんて芸当、いったい誰ができるというのだ。魔法使いでもあるまいし。

「……え？　あ」

祐麒の名前の下は、空白ではなかった。すっかり忘れていたが、そこにあったのは、いつだったか柏木がボールペンの試し書きをした跡《あと》だ。

「だって、これはただのグチャグチャ――」

「違う、花押《かおう》だよ」

生徒会の三人が、口を揃えて言った。

「花押？」

「君がわからないのも無理はないけれど」

ランポーはそう言いながら、ごそごそと棚の中から書類を取りだして祐麒に見せた。

「昔、武将などが用いた一種のサインだ。ほら、ここに同じのがあるだろう？」

何の書類か知らないが、『生徒会長　柏木優《すぐる》』と書かれた後ろに、生徒手帳に落書きされたものとほぼ同じグジャグジャが書かれていた。

「ちょっ、なに勝手に名前なんか書いてんだよ」

烏帽子親の名前を書く場所にサインなんかして、どういうつもりだ。

「——ということは」

四方八方から、視線が突き刺さってくる。

「えっ、いや、まさか、その」

今更ながらとんでもない事態だということに気づいて慌《あわ》てふためく祐麒。その肩を抱いて、柏木はさわやかに宣言した。

「というわけで、僕の烏帽子子《えぼしご》、ユキチだ。みんな可愛《かわい》がってくれ」

「えーっ!?」

薄々気づいてはいたものの、ちゃんと言葉にされたことで、みんな安心して驚くことができた。

高校一のスーパーヒーローが、烏帽子親になったのだ。しかもその相手は、無所属のさえない一年生。

「今まで一人も烏帽子子をもたなかったのに、何の気の迷いですか」

「いつの間に烏帽子名《えぼしな》まで」

「この勝負は、いったいどうなるんです」

「認めない、断じて認めない」

それぞれが勝手に喚《わめ》き散らす中、小林がぼそりと祐麒に囁《ささや》いた。

「お前、ますますこの学院で生きにくくなるぞ」

「……ああ」

祐麒はうなずいた。

それは、この生徒会室という小さな空間を見ていればわかることだった。

ワルツな三帰依文《さんきえもん》

1

一夜明けて火曜日の朝。

祐麒《ゆうき》は、いつもより三十分早く校門をくぐった。

昨日は結局あの騒ぎの中、昼休みが終了し、午後の授業のことはまったく覚えていない。

放課後、高田《たかだ》やアリスに「よかった、よかった」と喜ばれ、二人がそう言うならよかったのだろうと、その時は納得して家に帰った。

でも、よくよく考えてみると、これでよかったのかって疑問がむくむくと湧《わ》いてきた。温かい湯船や布団《ふとん》の中で。

通常も余裕をもって若干《じゃっかん》早めに登校しているのだが、三十分繰り上げただけで、ほとんど生徒の姿が見られない。部活で朝練がある生徒たちは、もう一本か二本早いバスで来るのだろう。

分かれ道には誰もいない。祐麒はどちらに行こうか迷って、天気占いの要領で靴を片方脱いで天に放り投げた。

「右」

靴を拾って再び履《は》くと、つま先が向いていた方に向かって走り出す。

右。

源氏《げんじ》の山道。だから、帰りは平氏《へいし》の道にしよう、そう決めた。

朝のまだ冷たい空気が、肺の中に流れ込む。祐麒は顔を上げて走った。

何だろう、とても気持ちがよかった。

2

生徒会室の扉は開いていた。

「失礼しまーす」

静かで人の気配を感じなかったが、一応礼儀として声をかけてから中に入った。

「さてと」

取りあえず窓を開けて、換気する。掃除用具はすぐに見つけられた。入り口側の木製ロッカーの中に、箒《ほうき》も、ちりとりも、雑巾《ぞうきん》も、バケツも、まとめて押し込められていた。

奥にある机や棚には重要書類とか入っていそうなのであまり近寄らないようにして、手前にあるテーブルや床を中心に掃除を始めることにした。

教室の掃除とかは、嫌々《いやいや》やる。自分の部屋の掃除は、ほとんどしない。そんな祐麒が、知らずに鼻歌を歌っていた。

ぶっだーむさらなーむがっちゃーみー。

すると、部屋の中でガタンと音がした。

「うわっ」

驚いて反応すると、机の陰《かげ》に誰かいる。

「だ、誰っ!?」

「誰とはご挨拶《あいさつ》だな」

現れたのは、柏木《かしわぎ》だった。

「何、驚いているんだよ」

「だって、人がいないと思ってたから」

「いないわけないだろう。ここの鍵《かぎ》が開いていたんだから」

柏木は伸びをしながら、祐麒のもとに歩いてきた。確かに、無人の時は鍵がかかっていそうな場所ではある。

「それにしたって、そんな所に隠れていたら、気づきませんよ」

「隠れてなんていないよ。昨日バタバタして仕事にならなかったから、早朝出勤してきたんだ。書類一枚仕上げたところで、崩《くず》れるようにここでうたた寝しちゃったけどね。そこに聞こえてきたのが『三帰依文《さんきえもん》』だろう？　もう朝拝《ちょうはい》が始まったかと思って、焦《あせ》って起きた」

「『三帰依文』ですか」

自分が何を歌っていたのかなんて、まったく気づかなかった。ちなみに『三帰依文』とは三《さん》宝《ぽう》、つまり仏と法と僧に帰依《きえ》するという誓《ちか》いというか心がけというか、そういった内容の祈りの言葉であって、和訳されたものと原文に曲がつけられた歌形式ものの二つが、『経歌抄《きょうかしょう》』には載っている。

「君は、根っからの花寺《はなでら》っ子なんだな。普通、パーリ語の『三帰依文』を鼻歌では歌わないよ」

「罰当《ばちあ》たりでしたか」

「いや、お釈迦《しゃか》様も笑っていらっしゃるだろうよ」

お釈迦様ではなく、言ってる柏木が笑っている。

「で、どうした？」

「はい？」

「どうして、こんな朝早く生徒会室で濡《ぬ》れた雑巾を持っているんだ。アンドレとの勝負で勝ったのに」

確かに。勝った人間が罰《ばつ》ゲームもどきをしているのは、解《げ》せないかもしれない。

「俺、やっぱり勝ったとは思えないんです」

「うん？」

「友達は四人できなかったし。烏帽子親《えぼしおや》にしたって、あなたが気まぐれに名前を書いてくれたのは、アンドレ……アンドレ先輩と勝負する前のことだから。つまり」

「無効だと」

「そうです」

「だから、自《みずか》ら進んで下働きしに来たのか」

「あなたに烏帽子親になってもらういわれもないし」

祐麒は、思ったままを口にした。

「君は、知れば知るほど面白《おもしろ》い子だな」

柏木は、祐麒の髪をクシャクシャと撫《な》でた。

「よかろう」

「え？」

「生徒会でただ働きしたまえ」

ただし、と柏木は続けた。

「僕に烏帽子を返す必要はない。烏帽子親っていうのは、いたって邪魔になるものじゃないだろう。どうせなら、現生徒会長の烏帽子子《えぼしご》でありながら、生徒会でこき使われるという変なヤツになってみろ」

「変なヤツ……？」

できるか、と問われて祐麒はうなずいた。

「はい」

元々、花寺学院高校の中では変わり者なのだ。だったら、とことん変わり者になって変わり者道を極《きわ》めてやれ。

「いいお返事だ。……どれ」

つぶやいて柏木は、祐麒の横を通って後方へと歩いていった。そこには、出入り口の扉がある。

「それじゃ、よく聞こえないだろう。立ち聞きしてないで、中に入ったらどうだ」

柏木がドアノブを引くと、扉の後ろからところてんのように男子高生が雪崩《なだ》れ込んできた。

「アリス！　高田！　それに、小林《こばやし》も！」

いつからそこにいたのだろう、三人ともちょっと照《て》れ笑いしながら。転んでぶつけた肘《ひじ》とか膝《ひざ》とかをさすった。

「あの、生徒会長。僕たちも一緒に使ってください」

そして整列すると、おもむろに頭を下げた。

「お願いします！」

その様子を眺《なが》めながら、柏木は腕組みした。

「ユキチが心配で来たのか」

「はい」

下駄《げた》箱を見たら登校しているようなのに教室にはいなかったから、もしやと思って三人でここまで覗《のぞ》きに来たらしい。

「こいつ、バカ正直なんで」

「放っておけないんですよ」

「おまけに、物も知らないし」

散々《さんざん》な言われようである。

「そのようだな」

柏木はクスクスと笑った。

「いいだろう。人手はあった方がいいし、君たちはみんな面白いから退屈しなさそうだ」

面白いとか退屈しなさそうだとか、そういう基準でいいのだろうか。ちょっと引っかかったが、深く考える間もなく柏木の指が小気味《こきみ》いい音を鳴らした。

「さっそく、ユキチがやりかけた掃除でもしてもらうか。僕は、やってないより、中途半端に残っているのが気になるんだ」

「うぃーっす」

生徒会の天井に、「はい」だか「オッス」だかわからない返事が響く。

テーブルを拭《ふ》きながら、祐麒はこんなんでいいのかなと思った。

棚からあふれた書類のように、まだ問題は山積みのはずである。

でも、こんなんでいいのかもしれない。

開け放たれた窓から見える青空を見ながら、そう思った。

天上にいるお釈迦様が、気まぐれにザッピングして映し出された地上の映像に自分たちを見つけた時。

ちょっとは愉快《ゆかい》に思ってくれるような、そんな気がしたから。

アンドレの憂鬱

悪夢と憂鬱

1

悪夢から目覚めたら、また別の悪夢の中にいた。

振り返ってみれば、目覚める前にいた虚構の世界の方がなんぼかましだった気がする。巨大な豆大福《まめだいふく》のお化けが、大口を開けて襲《おそ》ってくる夢だった。ぱっくり横に割れた口から粒《つぶ》あんが見えていたのが、妙にリアルで恐ろしかったが——。

「まったく」

本日の寝覚めは、すこぶる悪い。

礼一《よしかず》は、ベッドの上で身を起こした。

現実という名のこの悪夢は、睡眠中にみる嫌《いや》な夢に比べて厄介《やっかい》だ。どこがって、目覚まし時計のベルによって強制的にジ・エンドとならないところだ。

（ん？　目覚まし時計？）

ふと思い出すというか、嫌な予感がして枕もとの時計を手に取る。

七時。

なるほど、七時ね。

えっ、七時？

…………。

「うぉおおおーっ‼」

寝覚めが悪い、なんて優雅にぼやいている暇《ひま》なんぞない。寝過ごした。完璧《かんぺき》にやっちまった。

礼一はパジャマを脱ぎ捨てると、ハンガーに掛けておいた制服を早業《はやわざ》で着用した。鞄《かばん》を抱《かか》え、部屋を出ると洗面所へ直行。

「カズ君、玉子は？」

キッチンから聞こえてくるのんびりとした母親の声に、「いりません」と返事をしてから歯を磨《みが》く。それから顔を洗って髪の毛も整えた。

「スクランブルだったら、すぐにできるわよ」

息子に朝食を食べさせることを諦《あきら》めきれない母から、弁当の包みだけありがたく受け取って家を出た。

「行ってきます」

朝飯を食べなくても、身だしなみだけはピシッとする。

それが花寺《はなでら》学院高校生徒会副会長のアンドレこと、安藤《あんどう》礼一なのである。

2

「おはようございま……す。えっ、あっ、アンドレ先輩!?」

源氏《げんじ》の山道で礼一は、追い抜こうとした一年生にギョッとした顔で見られた。

「別に早くはない」

相手に聞こえるか聞こえないかという小さな声でつぶやくと、もう脇目《わきめ》もふらず歩いていく。こんな風《ふう》に、下手《へた》に目が合うと偉《えら》い目に遭《あ》う。これで何度目であろうか。電車、バス、校門を入った所——、それが礼一であると気がつくや、誰もが化け物と鉢合《はちあ》わせしたみたいな目で見たのだった。源氏平氏《へいし》の別なく、である。

七時に起床したからといって、礼一の場合イコール遅刻ではない。自宅の最寄《もよ》り駅から電車に乗り、M駅で降りて、北口から出ているバスでたどり着けば、まだこのように通学路にはたくさんの生徒が歩いている。放送朝拝《ちょうはい》が始まるまで、まだあと十五分以上もあった。今は八時を少し回ったところだ。

しかし、礼一はいつでも七時四十五分には学校に来ている。遅くとも、だ。

そんなわけで、一般生徒の通学時間のピークには彼はいない、い、い、いないはずの男なのであった。いないはずの男が見えたのだから、皆がギョッとするのも無理からぬ事と理解を示すべきなのか。

（ふん）

朝から機嫌《きげん》がよくないのは、何も寝覚めが悪かったからだけではなかった。むしろ昨日の痛い記憶が、礼一をイライラさせている。

（あやつ……）

福沢《ふくざわ》・生意気《なまいき》・子だぬき・祐麒《ゆうき》め。

思い出しただけで、はらわたが煮えくりかえる。何であんなヤツが、その名の通り容姿・内面ともに優《すぐ》れた優《すぐる》さまの烏帽子子《えぼしご》になることが許されるのか。

（優さまも優さまだ）

烏帽子親《えぼしおや》になりたいのならば、もっと良質な人材を選べばいいのに。

山道を下って、やがて源氏の道は平氏の道と合流する。

いまここでチラリと見ただけでも（もちろん優さまの足もとには遠く及ばないが）、それなりにこざっぱりとした一年生はごろごろいるじゃないか。

（なのに、何も好きこのんであんながさつな小童《こわっぱ》。それも、無所属だぞ？）

どうにも納得できない。気まぐれが過ぎる。

歩きながらじーっと左右を観察していると、目が合った生徒のほとんどが、初っぱなの化け物を見るような表情をゆるめ、赤面してうつむいた。

花寺学院のスターは生徒会長である柏木《かしわぎ》優一人であると信じて疑わない礼一は、自分の発するミステリアスな視線の効果について、まったく意識していなかった。

そのため。

(まったく)

今年の一年生はなっていない。先輩と目が合ってもろくに挨拶《あいさつ》もできないのだから。――そんな感想を持って、校舎へと続く道を足早に歩いていった。

今朝は時間がないので見逃してやるが、今度このようなことがあったら、みっちり説教をするから皆覚悟しておけ、と。

3

とにかくなかったことにしよう。

礼一《よしかず》は高校校舎の廊下を歩きながら、そう結論を出した。

そうだ。福沢・憎々《にくにく》しい・祐麒を、記憶の中から抹殺《まっさつ》してしまおう。

不幸中の幸いとでもいったらいいか、ヤツを生徒会の下僕《げぼく》としてこき使うという話は流れた。もう目の前をうろちょろされることもないのだから、ちょうどいい。

(しかし、優さまの側《そば》にいれば、嫌でも目に入ってきやしないか)

いやいや。烏帽子親子《えぼしおやこ》といっても、きっと生徒手帳上だけのこと。優さまがたまにあやつに声をかけるくらいのことなら、目をつむらないこともない。

緑のセロファンの下では赤いラインマーカーを塗った部分が黒くなって、文字の判断ができなくなるように、そこに存在していることを知りつつ、意識的に排除することは可能なはず。要は、緑のセロファンに相当するフィルターを脳内に取りつければいいのである。あの子だぬきの気配を感じたら、即モザイク処理を施《ほどこ》すのだ。

（さて）

そうと決まったら、急ぎ生徒会室に行かなければ。

日光《にっこう》・月光《がっこう》はあまりあてにならないが、ランポーがいつも通り登校していれば大丈夫だ。部屋の鍵《かぎ》を開け、換気し、万事滞《とどこお》りなく優さまをお迎えしてくれているだろう。

それでも、朝一番のお茶だけは自分がいれなければならない。何しろ、優さまは「アンドレのいれたお茶は校内で二番目においしい」と誉《ほ》めてくださるのだから。もちろん、一番は優さま本人のいれたお茶であることは間違いない。

さあ、さわやかな朝の始まりだ。礼一は生徒会室の扉を開けた。

すると。

ガヤガヤガヤガヤ。

（ん？　……ガヤガヤ？）

いつもとまるで違う雰囲気《ふんいき》に、開けた扉をあわてて戻す。完全に閉めてしまうと中の様子がまったくわからなくなってしまうので、取りあえず十センチくらいの隙間《すきま》をキープしてそっと右目を近づけた。

最初に確認できたのは優さまの背中だった。続いて、日光《にっこう》・月光《がっこう》の姿。

(何だ、珍《めずら》しく早く来ているのか)

まだいる。視線を少し下に向けると、でかい日光・月光の間に女の子みたいな生徒の姿。

(あれは、確か有栖川某《ありすがわなにがし》とかいった——)

日光・月光が烏帽子子にした少年である。昨日、福沢・あんぽんたん・祐麒の友達として生徒会室にやって来たという記憶は新しいが、子だぬきを無視することに決めた上は、その情報ももう削除《さくじょ》だ。

(日光・月光の烏帽子子が遊びに来ているから賑《にぎ》やかなのか?)

それにしては騒がしい。まだ、何人かいそうである。

(あ)

視線を漂わせていると、あの源氏の一年生ムキ男《お》の姿も見えた。

(……)

嫌な予感がした。続いて、ムキ男の隣に七三眼鏡《めがね》も確認できたからだ。

こういう状況で、ここにヤツがいないわけがない。礼一は扉を閉めると、クルリと回れ右した。そうだ、見なかったことにしてこの場を去ろう。

しかし、そうはうまくいかないもので。

「お、アンドレ」

生徒会室に入室しようというランポーと、鉢合《はちあ》わせしてしまった。

「お前、今来たのか」

礼一はランポーの腕を引っ張ると、水道の蛇口《じゃぐち》が並んでいる手洗い所の前まで連れていって、小声で聞いた。

「いや。生徒会室に来たのは十分くらい前かな。トイレから帰ってきたところだ」

「どういうことだ」

「どういうこと、って？　トイレくらい行ったっていいだろう。遅く来たお前にとやかく言われる筋合《すじあ》いは」

ない、と言われる前に礼一は口を挟《はさ》んだ。

「違う。中のことだ」

「中？　ああ、ユキチと愉快《ゆかい》な仲間たちのことか」

「ユキチだと？」

生徒会長の烏帽子子だってだけで、もう仲間扱《あつか》いとは。ランポーよ、ボサボサ頭の親友よ、同志よ、お前はそんなに節操《せっそう》のないヤツだったのか。

「いい子たちじゃないか。俺が来たら、もう部屋の掃除をしていてね」

部屋の掃除だと？　礼一のこめかみが、ピクリと動いた。

「鍵は」

昨日、生徒会室は施錠《せじょう》して帰った。ランポーが来た時には、すでにヤツらがいた。役員以外の生徒は、基本、生徒会室の鍵を触れない。∴《ゆえに》――？

「……光《ひかる》の君《きみ》が先に来てた。すまん」

「ああっ」

ランポーの告白に、礼一は膝《ひざ》から崩《くず》れた。

恐れ多くも、花寺学院高校生徒会長柏木《かしわぎ》優さまに、生徒会室の鍵を開けさせてしまったなんて。そもそも高校三年生という大変な時期にあって、あの方が未《いま》だ生徒会長に君臨《くんりん》しているのは、二年生役員が頼りないという理由からではなく、ただひたすらそのカリスマ性のなせる業《わざ》なのである。あの方は、一般生徒と同じ位置においてはいけない高貴な存在。距離でいったら三歩先、高さならば階段五段分くらいは高い場所にいて、生徒たちを率《ひき》いてくださらなければならないのだ。ああ、なぜ今朝に限って寝坊《ねぼう》なんかしてしまったのだ。それもこれも、あの子だぬきのせい。昨日の出来事が悔《くや》しすぎて、昨夜は布団《ふとん》に入っても明け方まで眠りにつくことができなかった。やっとうつらうつらし始めたのは、辺《あた》りがうっすらと白んできた頃、鳥のさえずりが聞こえていた。そうして、みた夢が豆大福の悪夢である。その上、セットしておいた

今秋、TVアニメ放送開始！
甘ーいときめきと
冒険のスリルをあなたに♡
口説き魔伯爵と妖精が見える少女のロマンティック・ファンタジー！
谷　瑞恵「伯爵と妖精　運命の赤い糸を信じますか？」
イラスト／高星麻子
コバルト文庫
集英社
新刊毎月3日発売

目覚ましは無意識に止めて二度寝するというていたらく。優さま、不甲斐《ふがい》ない側近《そっきん》をお許し下さい。

「一人で陶酔《とうすい》しているところ悪いが、光の君はもう七時二十分くらいには来ていたみたいだぞ。俺や日光・月光だけじゃなくて、お前だってその行動は読めなかっただろう」

ランポーが、呆《あき》れたようにため息を吐《つ》いた。

「ふん」

確かに七時二十分では、通常学校には着いていない時間だ。寝坊は、今朝の優さまに対する不作法とは関係なさそうである。

「何で掃除なんかするんだよ」

礼一は、顎《あご》をクイッと生徒会室の方向に突き出した。先の勝負で子だぬきは、勝ったかどうかは微妙だが、少なくとも負けてはいない。だから、下僕として働く義務はないのだ。それで目の前をチョロチョロされずに済む、そう礼一《よしかず》は結論づけたわけで。

「生徒会を手伝いたいんだと。いいじゃないか。どうせそろそろ活《い》きのいい一年生を、雑用係にスカウトしようと思っていたんだし」

「何だって!?」

ちょっと待て。

「それは、こちらが厳正な審査で選んだ上で声をかける予定だったろう。雑用係ったって、生徒会室に出入りする以上は、将来的に役員になりうる人材でなければ。立候補したそいつらを全員アシスタントにするなんて、どう考えてもおかしい」

そう抗議すると、ランポーは冷ややかな目で言った。

「アンドレ。お前だって、最初は立候補だったろう」

なのに反対するお前の方がおかしい、そういうことか。お前も福沢たちと同じだ、そう笑っているのか。

「どうせ」

礼一は、太股《ふともも》の脇で拳《こぶし》を握りしめた。

「優秀なお前はスカウトだったな。俺は優さまの金魚の糞《ふん》で、お情けで生徒会役員に入れてもらえたんだろうさ」

「悪い。そういうつもりで言ったんじゃない。でも、アンドレ。お前は、勝負に勝ったらユキチを下僕としてこき使うつもりだったんだろう。それとこれとどう違うんだ。俺は、お前があの子を我々の後継者として育てる気があるのかと思ったぞ」

「違う、違う。断じて違う」

駄々《だだ》っ子のように足踏みして否定すると、ランポーはほとほと困ったように肩を叩《たた》いてなだめた。

「わかったから、落ち着け」

けれど言うことは言う、というように口を開いた。

「取りあえず、生徒会長である光の君が彼らの出入りを認めたんだ。もう覆《くつがえ》せないぞ」

「……」

そんなことわかっている。所詮《しょせん》自分は優さまには逆らえない。だから荒れているのだ。だから口惜《くちお》しいのだ。

「どうした。中に入らないのか」

扉を開けて、ランポーが振り返った。

「気分が悪くなった。すまんがランポー君が、花寺学院高校で十何番目かにうまいお茶を光の君にいれて差し上げてくれたまえ」

そう告げて、教室に向かってとぼとぼと歩き出した。

こんな精神状態で、優さまの前に、そして憎きあいつの前に出たらどうなってしまうか。取りあえず頭を冷やそう。考えたくないが、今後の対応を考えよう。

「十何番目、は余計だろう」

ランポーのぼやきを背中で聞いた。

午前中は、頭の中で「気にくわない」という言葉がずっとリフレインしていた。当然授業の内容が入り込む隙間などなく、ただ黒板に書かれた文字をノートに書き写すという作業を機械的にこなしていたに過ぎない。

4

そんな日もある。

幸い指されなかったし。——と思っているのは本人だけで、実のところ四時間目に一度指されそうになったことがあったのだが、礼一《よしかず》の周囲に立ちこめる殺気に圧倒された教師が、隣の席の生徒に答える権利をスライドさせたのである。代わりに指された生徒はどうしたかというと、喜んで答えた。なぜなら、彼は午前の授業中隣の席でずっと礼一の殺気にさらされていたため、何かのきっかけで爆発することこそを恐れていたのだ。

まあ、たまにはそんな日があったっていいだろう。礼一は普段はいたって紳士で、指された時の正解率はいつも極《きわ》めて高かった。

「拗《す》ねてないで。いいから、来い」

昼休みになると、ランポーが嫌がる礼一に弁当箱を持たせると、引きずるようにして生徒会室に連れていった。

今朝とは打って変わって、子だぬきファミリーは誰一人としていなかった。

「アンドレ。光の君のお弁当をお持ちしました」

「ご苦労」

礼一は当番から弁当箱を受け取り、包みを開いてテーブルにセッティングする。優さまはまだやって来ない。今のうちに焙《ほう》じ茶をいれておこう。

いつもの昼休み。平和な時間。これが、あるべき形。そうだ、こうでなくっちゃいけない。

「あ、アンドレ来たか」

程なく優さまがやって来た。

「ランポー、世話かけたな」

と言うからには、ランポーが礼一を引っ張ってきたのは、優さまの命《めい》であったか。優さまに気を遣《つか》わせてしまった申し訳なさと、気にしてくれたのだという喜びが、電気のように礼一の身体《からだ》を駆けめぐった。

とにかく、何はさておきお詫《わ》びをしなくては。

「今朝方は失礼いたしました。少々頭が痛くて」

礼一は頭を下げた。朝生徒会室に行って優さまをお出迎えできなかったのは、頭が痛かったから――。

「ふむ。大事にしろよ」

「はっ。ありがとうございます」

再び頭を下げながら、心の中で言い訳をする。嘘《うそ》ではない。福沢の事は、頭痛のタネなのだ。

光の君親衛隊《しんえいたい》の弁当当番が去ったので、優さまとランポーと礼一でテーブルを囲んでランチタイムとなった。

手を合わせて感謝の言葉をつぶやく優さま。最後の「いただきます」に、輪唱《りんしょう》のように自分の「いただきます」を被《かぶ》せる喜び。

このままでいいではないか。一年生など、いらない。

後継者の育成？　ノンノン。礼一は、優さまの卒業を無事見届けた後の花寺学院高校の生徒会になんて興味がなかった。正直どうなったって構わない。

弁当を半分ほど食べた頃、日光と月光が生徒会室に入ってきた。

「おや？」

「三人だけ？」

二メートルの巨体が二つ、目の前を横切る。自分たちが椅子《いす》に座っているせいもあるだろうが、それにしてもすごい威圧《いあつ》感である。キョロキョロと顔を動かし、いったい何を探しているのやら。

「僕が遠慮しろと言ったから、昼休みは来ないよ」

優さまが、ひじき入りの玉子焼きを口に放り込む。

「ああ、柏木先輩が」

「なるほど、柏木先輩が」

ならば仕方ない、と日光月光は回れ右して部屋を出ていこうとする。

「放課後、またおいで。呼んであるから」

二人の後ろ姿に、声をかける優さま。黙って聞きながら、礼一はだんだん嫌な気分になっていった。

昼休みに来ないのは誰だ。放課後に呼ばれたのはどいつだ。

主語や目的語が省略されようとも、その場にいる全員がただしくそれを誰であるか認識した上で会話が成立しているじゃないか。

「というわけで、アンドレ。放課後に顔合わせをするので、ちゃんと出てくるように」

「光の君っ！」

福沢らに「昼休みは来るな」と命じたのは、私をすんなり生徒会室に来させる策略であって、それは放課後に行われるお楽しみ会への強制参加を私に言い渡すための序章に過ぎなかったのですか。――そんな、喉《のど》もとまで出かかった言葉を、礼一は押し戻した。

「どんなに頭が痛くても、な」

天使のようなほほえみで悪魔の言葉を囁《ささや》くその人の顔を見れば、答えなど聞く必要はなかったからだ。

5

気にくわない。

気にくわない。

何もかもが気にくわない。

放課後の顔合わせというのも無論面白《おもしろ》くないが、今自分が置かれている立場がすこぶる不愉快な礼一《よしかず》だった。

（まったく、まるで子供をうまいこと丸め込むみたいな扱いじゃないか）

今朝、生徒会室の前まで行きながら中に入らなかったのは失策だった。それは認めよう。彼らの共有した十数分かそこらの時間で、生徒会の助っ人《すけと》としての一年生が決定し、放課後の顔合わせなるものまで決められてしまったのである。

（だとしても）

最終決定する前に、一言相談なりあってもよさそうなものである。このような話が進んでいるが如何《いかが》なものか、そんな打診もなく「ちゃんと出るように」の一言で片づけられてしまった。

（俺と福沢の関係を、全員が知っているはずなのに）

これが、欠席裁判以外の何であろう。そこまで考えて、礼一は「あ」と立ち上がった。

「な、何です。安藤君。質問ですか」

何事かと怯《おび》えた教師の声を聞いて、我に返る。

「いえ」

考え事に没頭《ぼっとう》していたのでうっかりしていたが、まだ授業中だった。速《すみ》やかに着席してから、ついでなのでつけ加えた。

「黒板に書かれた三行目のｄｅｐｒｅｓｓｅｄの綴《つづ》り、ｓが一つ足りません」

「えっ、あ、そ、そうだね」

若白髪《わかしらが》の青年教師が、慌《あわ》てて黒板の文字を直しているのを見ながら、礼一は一時中断した思考を再開した。

欠席裁判なんかじゃないかもしれない。たとえ出席していようとも、その決定は今と何ら変わらなかったのではないか。

優さまは、たぶん言い出しっぺだ。

日光と月光が、烏帽子子であるあの有栖川とかいう少年を生徒会に引き入れることに積極的なのは、一目瞭然《いちもくりょうぜん》。

（生徒会役員五人のうち、三人賛成している。過半数越えだ）

どんなに礼一とランポーが反対しようと、多数決なら即可決。

（いや、待て）

ランポーは反対してくれるのか？

（……）

心に問うてみて、まったく自信がなかった。

（もしかして。いや、もしかしなくても俺は一人ぼっちなんじゃないのか）

うつむいたまま、シャーペンを強く握りしめる。

もうすぐ授業が終わる。

終わったら、ホームルームや掃除をして、その後生徒会室に行かなければならない。

だから、終わらなくていい。一生英文法の授業だって構わない。終わるな。ずっと続け。

しかしこの教室にいるほとんどの人間が、礼一のただならぬ殺気に怯えて、早く授業が終わればいいと念じていた。

ここでも礼一は一人ぼっちだった。

6

授業よ終わるなと念じたところで、それが実現するわけもなく。

放課後、礼一は重い足取りで生徒会室に向かった。

優さまと約束したからには、出なければなるまい。エスケープするという選択肢《し》は、思いつかなかった。

そんなわけでぐずぐずと来たわけだから、さすがに最後かと思いきや、おおとりで日光・月光兄弟がやって来て、扉の前で躊躇《ちゅうちょ》していた礼一を巨体二つで生徒会室へと押し入れてしまった。本人たちは何も考えていなかったはずだが、お陰《かげ》で事前に中の様子を探ることもできなかった。

礼一の姿を確認すると、談笑の輪《わ》がほどけた。

（ふん。俺がいないと、ずいぶんと楽しそうだな）

拗《す》ねながらその集団を横目で見ていると、その中から一匹の子だぬきが飛び出してきた。

「アンドレ先輩！」

福沢だ。礼一の前までやって来ると、試合相手に礼をする甲子《こうし》園《えん》球児みたいに頭を下げた。

「あのっ、これまでの数々の失礼、申し訳ありませんでしたっ」

「え？」

何だ、何だ？

「で、これからよろしくお願いします」

いったい何が起こったんだ。

「一生懸命がんばりますので」

何だ。無所属のくせにバリバリ体育会系のノリじゃないか。何でこいつは源氏に入らなかったんだろう。

(——って、違ーう!)

突っ込み所は、そこじゃない。一日経《た》っただけで、なぜに手の平をひっくり返したような態度になるのだ。こっちは戦《いくさ》におもむくような気合いでやって来たっていうのに、腰砕《こしくだ》けにさせるんじゃない。

(素直な馬鹿《ばか》なのか?)

いや、違う。きっと、何か魂胆《こんたん》があるに決まっている。油断させておいて、足をすくうつもりなのだ、きっと。騙《だま》されないぞ。騙されてなるものか。

「ユキチ。ちゃんと顔合わせするから、挨拶もいいがほどほどにな」

優さまに言われると、ああそうかという顔をしてから、「では」と再び礼一に頭を下げて仲間の方へと去っていった。

おい、そこ。勝手に一人で納得するな。

礼一は、まだそう簡単に「ああそうですか」とうなずくことができないでいるというのに。

でもって、すぐに顔合わせが始まった。

現生徒会役員五人と子だぬきの仲間たち四人が、中央のテーブルに向かい合って座った。まるで合コンのようだ（やったことはないが）。

まずは優さまが優雅にウィット混じりに自己紹介し、続いて礼一にバトンが渡された。

「えー。副会長の安藤礼一《よしかず》です」

福沢の腹の内がわからないうちは、下手《へた》に攻撃しない方がいい。ここはさらりと流して、敵の様子を観察するのが得策だろう。

しかし。

さらりと流したつもりが、詰まらせてしまう男がいた。誰あろう、敵の大将《たいしょう》である。

「あんどう……で、アンドレ」

ぷぷぷぷと、堪《こら》える先から笑いがだだ漏《も》れしている。

（けんか売ってるのか、われ）

礼一がにらみつけると、福沢は申し訳ないというように軽く頭を下げてうつむいた。うつむきながらも、まだ肩が上下している。

恐れ多くも「アンドレ」は、優さまがつけてくださったありがたい呼び名である。優さまの後を追って花寺学院高校に入学し、「影のようにお側に置いてください」と懇願《こんがん》したあの日、「今日からアンドレって呼んでいい？」とほほえまれた。あの日から礼一はアンドレなのだ。

残念ながら烏帽子名《えぼしな》ではないが、そんなことはどうだっていい。この名は大切な賜《たまわ》り物なのだ。なめたら痛い目に遭うと思え。

礼一がテーブルを挟んだ向こう側で凄《すご》みをきかせていたせいか、単に波が引いたせいなのか、程なく福沢の笑い虫は収まった。

(ふん。ランポーも日光・月光もスルーか)

そうなったらそうなったで、面白くない。自分一人が、笑いものにされたみたいに感じられた。彼らの呼び名も、それなりに突っ込み所満載であろうに。

(そもそも、どうして優さまはこんな小生意気《こなまいき》なヤツを烏帽子子になんてしたのやら)

福沢の自己紹介を聞きながら、もう何度も繰り返した疑問を心の中で問うてみる。

(烏帽子子が欲しくなったのなら、一言相談してくだされば)

校内中を走り回って、生徒会長柏木優に相応《ふさわ》しい下級生を十人二十人と探し出してみせたのに。その中から気に入った者を選んで烏帽子子にすればいい。一人二人なんてケチなことは言わない。福沢祐麒以外なら、何人でも受け入れようではないか。

例《たと》えば、入学式で新入生代表を務めた田口《たぐち》とか。

(いや、成績はいいかもしれないが、ルックスが今ひとつタイプじゃない)

ルックス重視なら、福沢の隣にいる有栖川は及第点《きゅうだいてん》がとれる。その上平氏だから、がさつじゃないし頭も悪くなさそうだ。

（それ以前に、彼にはもう日光・月光っていう烏帽子親がいたんだっけ）

じゃ、その隣はどうだ。礼一は一瞬高田《たかだ》を見て、すぐに首を横に振った。

（ないない。脳みそまで筋肉でできていそうだ）

ラストは小林《こばやし》か。

（何か、嫌だ。見た目も醸《かも》し出す雰囲気も悪くないが、眼鏡キャラが俺と被る）

だいたい福沢一人だけでも鬱陶《うっとう》しいのに、なぜにこいつらまでも生徒会に入って来なければならないのだ。

ああ、時間が巻き戻せたなら、初めて福沢と会ったあの日に戻りたい。そうしたら勝負なんか一切《いっさい》持ちかけず、早々にお引き取り願うだろう。

いいや、駄目《だめ》だ。礼一は思い直した。あの時点で、すでに優さまはヤツの生徒手帳に花押《かおう》を記していたのだった。

じゃあ、いつまで遡《さかのぼ》ったらいい？　そもそも、優さまと福沢はどこで知り合ったのだ。

「あーっ！」

礼一は立ち上がった。

「どうした、アンドレ」

優さまの声を聞いて我に返り、椅子に座り直す。

「い、いえ」

思い出した。あいつだ。入学式の日に関所破《せきしょ》りをした一年生。あれが福沢だった。優さまが「任せろ」と言ったので、礼一は一緒に追うのを諦めて源氏の関所に留まった。それでも気になったのでランポーを様子見に行かせたのだ。

「さっきから上《うわ》の空に見えるが、寝ぼけているのか」

「いえ、決してそんなことは」

慌てて否定するが、実際上の空で考え事をしていたのだから、自己弁護するのは難しい。いっそ「寝ていました」と開き直った方が、よっぽどましだったかもしれない。

「ならば、一年生が自己紹介しているんだから、ちゃんと聞け」

優さまが言う。

「たとえ、どんなに頭が痛くてもな」

それは、一々もっともなご意見であるが。

——どうして、俺ばっかりが注意されなくちゃいけないんだ。

風呂敷包みと切り札

1

そんなわけで、福沢祐麒《ふくざわゆうき》一座は生徒会室の出入り自由という身になった。

もちろん大切な生徒会の仕事を任せられるわけもなく、掃除をしたりコピーをとったりといったただの雑用係要員だから、大した戦力にはならないし、そこに居られることでかえって邪魔なくらいだった。

まあそれでも、新入りの一年生たちはいつでも全員集合というわけではないから、生徒会室がおもちゃ箱の中のようなガチャついた雰囲気《ふんいき》にばかりなってはいない。生徒会役員全員が何らかの部活に所属しているので、示し合わせでもしなければ一同に揃《そろ》うことはまれだということを、彼らも学んだのだろう。

だから有栖川《ありすがわ》は部活動がある日はそちらに行くし、自分にあった部活を模索《もさく》中の高田《たかだ》はさまざまな運動部のテスト入部を繰り返している。

読めないのは小林《こばやし》の行動だ。福沢と同じく未《いま》だ所属をはっきりさせていない彼は、果たしてどういうつもりなのか。放課後など高田のように部活を見学にいく素振りを見せることもあるが、生徒会室にもふらりと現れていつの間にか居なくなる、そんなこともよくあった。

逆に、わかりやすいのは福沢だった。暇《ひま》に任せて、放課後はほとんど毎日生徒会室に入り浸《びた》っている。居たってやらせてもらえる仕事はたかが知れているから、退屈なはずだ。二人きりの時など、こちらも側《そば》で息をされているだけで気が散ったが、一応基本無視路線を崩《くず》した覚えはないから「帰れ」とも言えない。

「アンドレ先輩。柏木《かしわぎ》先輩って毎日部活みたいですけど、何部に所属してるんですか」

それなのに福沢は、礼一《よしかず》が書類を作成していたりすると、無邪気《むじゃき》に話しかけてくる。

「……（無視）」

「あ、すみません。お仕事中でしたよね」

そうだ。お仕事中だ。しかし、お前のせいでさっきからその「お仕事」が一向にはかどらないのだ。それをどうしてわからない。いや、わかるな。お前なんぞにわかられてたまるか。

「お茶でもいれましょうか」

椅子《いす》を立ちかけた福沢を、言葉でなくテーブルを拳《こぶし》で叩《たた》くことで制する。

触るな、俺の聖域に。にらみをきかせると、何かを察したらしく、福沢はおとなしく着席した。

（ああ）

ストレスがたまる。誰か、この小僧《こぞう》をつまみ出してくれないか。それが無理なら、せめて誰かここに加わってくれ。二人きりにしないでくれ。

その願いは御仏《みほとけ》にとってはお手軽だったのか、すぐに叶《かな》えられた。

「お、ユキチいたな。アンドレご苦労」

生徒会室に入ってきたのは、優《すぐる》さまだった。いや、王将なんて大物の駒《こま》は望んでいない。歩クラスの、例《たと》えば高田あたりでよかったのだが――。

「これ、やる」

優さまは持っていた唐草《からくさ》模様の風呂敷《ふろしき》包みを、「ほら」と福沢に向かって放り投げた。ドッヂボールの要領でキャッチすると、福沢は。

「何です」

さっそく包みの結び目をほどく。

礼一はそろりと近づいて、福沢の手もとを見た。福沢のことを無視はしたいが、好奇心には勝てなかった。

「何です」

福沢は中から現れた品を確認して、もう一度さっきと同じセリフを吐いた。

竹で編んだざるの中に、豆絞《まめしぼ》りの手ぬぐいと、五円玉に紐《ひも》、カセットテープが入っている。

これは、まさか。

「『安来節《やすぎぶし》』セットであーる」

やっぱり。優さまがうれしそうに笑った。

「いりません」

あろうことか福沢は、包みの口を縛《しば》り直すと、優さまが下された物をそっくりそのまま突き返した。しかし、それで「そうですか」と引き下がる優さまではない。

「まあ、そうむげに断らなくても」

腕組みをして、受け取るための手を隠す。

「俺には必要ないものですから。欲しい人にあげてください」

「ユキチ君、何もただであげようとは言っていない。それに、これは未来の君に必要になる物なのだよ」

「はあっ？」

礼一は『安来節』と福沢の関係に薄々感づいていたが、面白《おもしろ》そうなので黙って成り行きを見守ることにした。

「君のために晴れ舞台を用意した。場所は体育館。観客は全校生徒だ。それなら文句ないだろう」

優さまが両手を大きく広げて言った。

「五月の第二土曜日、生徒総会が開かれる。その席で、余興《よきょう》としていくつかの部活が舞台を使

った演技をすることになっている。生徒会を代表して、今年はユキチにその晴れ舞台に立つ権利を授《さず》けようと言っているんだ」

「何言ってるんすか」

福沢は冗談だと判断したのか、笑って風呂敷包みを優さまに押しつけた。

「生徒会を手伝いたいと言ったね？　これは、紛《まが》う方なき生徒会の仕事だ」

押しつけられた風呂敷包みを持ったまま、優さまはジリジリと迫っていった。壁際まで追い詰められた福沢は、観念したように『安来節』セットを受け取った。

「けれど、俺は役員でも何でもないし」

「忘れちゃ困るよ、ユキチ。君は僕の烏帽子子《えぼしご》じゃないか」

優さまは福沢の胸ポケットから黒の生徒手帳を抜き取り、自分の花押《かおう》が記されているページを開くと、それで怯《おび》える子だぬきの頬《ほお》を叩いた。

「烏帽子親《えぼしおや》と烏帽子子の関係を知らないわけではあるまい？」

「でも、それはあなたが勝手に」

「そう。僕が君に断りなく書いた。しかしそんな経緯《いきさつ》はどうだっていい。福沢祐麒という名前の下に僕のサインがある。それは紛《まぎ》れもない事実だ。君がどんなに違うと言っても、これを見た花寺《はなでら》の生徒は、君を僕の烏帽子子だと認めるんだ」

「そんな」

勝負あった。いや、最初から勝負なんてついていた。優さまにかかったら、落ちない相手なんてこの学校にはいない。それでもまだ、優さまにとってはほんのお遊びである。本気を見たら、ちびるぞこら。

「考えてもみたまえ。この先、現生徒会長の烏帽子子として得することだってあるはずだ。人生楽あれば苦あり。塞翁《さいおう》が馬。だったら今のうちに、嫌《いや》なことの一つや二つ片づけておけ」

そうして、とうとう『安来節』セットは福沢の手に渡ったのである。

2

渡す物だけ渡すと、優さまは「じゃ」と言い残して去っていった。また、どこぞの部活に向かったのだろう。忙しい人だ。

いくつもの部をかけもちする身は大変である。

この時期、どの部も新入部員獲得に必死だ。生徒会長自《みずか》らが所属している部であることをアピールできれば希望者も増える。そのため、少しでいいから顔を出してもらえないかと頼まれるのだ。

「これ、渡されてもどうしていいか」

福沢が、風呂敷を開いてため息をついた。礼一に向けたものではなく、それは独《ひと》り言《ごと》だった。

「カセットテープはあるけど、ビデオじゃないし」

つまり、振り付けが皆目《かいもく》わからないという意味なのだろう。

「お前、馬鹿《ばか》か」

無視するつもりが、つい思ったままの言葉が礼一《よしかず》の口をついて出てしまった。

「わからなければ自力で調べろ」

そこまで面倒《めんどう》みられるか。『安来節』の民謡《みんよう》が入っているカセットテープがあるだけ、優さまに感謝しろ。

「調べる？　ああ、そうか」

福沢は手をパチンと叩いた。

「図書室に、もしかしたら振り付けの本があるかもしれない。アンドレ先輩、アドバイスありがとうございます」

しまった。と、思った時にはもう遅い。

「俺、今から行ってきます。じゃ」

言うが早いか、突風のように姿を消した。もともと義務でここにいたわけではないし、仕事の上では戦力外の人間である。いなくなってもまったく困らないが。

優さまはもしや、福沢を試す気持ちもあって、あの風呂敷包みを渡したのではないだろうか。小道具と音楽そして『安来節』というキーワードだけで、その踊りを完璧《かんぺき》にマスターできるかどうか。だとすると。

（これは余計なことをしたかもしれない）

自力で調べろなんて口を滑らせたせいで、福沢の自立心を育てるチャンスを潰《つぶ》してしまった――、なんてしおらしいことを考える礼一ではもちろんなかった。振り付けがわからず途方に暮れればよかったのに、そして優さまに愛想《あいそ》を尽かされればもっとよかったのに、そう考えたのだった。

「いや、待てよ」

まだ間に合うかもしれない、耳もとで悪魔の囁《ささや》きを聞いた。

ヤツは「振り付けの本」と言っていた。まずは図書室の閲覧《えつらん》室に直行するだろう。ならば、先回りできる。

「ふふふ」

礼一は、生徒会室を閉めて図書室へと向かった。

3

首尾《しゅび》は上々だった。

今、礼一《よしかず》の学生鞄《かばん》の中には、『安来節』を含む民謡の踊りの振り付けビデオがまんまと納まっている。図書室の入り口にあるパソコンで検索をかけ、目的のビデオを見つけるとすぐに貸し出しカウンターに申し込んで手続きを済ませたのであった。

(まだ図書室を十分に活用しきれていない一年生には、ビデオが借りられるなんて思いつきもしないだろうよ)

図書室にある資料は、何も閲覧室にある本だけではないということだ。図書委員に言えば、大抵《たいてい》の物は書庫から出してもらえる(借りることができるかどうかはともかく)。

もちろん、花寺学院高校図書室の蔵書の中には、民謡踊りの振り付け本もあるだろう。しかしどれだけ写真やイラストを多用しようと、動画による説明には適《かな》わない。そのことにヤツが気づいた時には、すでにビデオは貸し出し中というわけだ。

(さて)

思い通りに事が運ばれた礼一は気分を良くし、閲覧室にいるであろう福沢を見舞ってやることにした。どんな馬鹿面《づら》をして本を物色《ぶっしょく》しているのか、見物しようと思ったのだ。

しかし、閲覧室の中に福沢の姿はなかった。

(もう用は済んだのか?)

それにしては早いな、と腕組みして考える。目的の本がすぐに見つかったのか。はたまた見つけられずに諦《あきら》めてしまったのか。

とにかくもう一度、パソコンで「民謡」「安来節」などのキーワードを入れて、本の検索をしてみようと思った。そうすれば、福沢の行動も見えてくるはず。歩き始めた直後、上履《うわば》きの先が何かを踏んだ。

「何だ、これ」

薄っぺらで小さなそれを拾い上げると、図書カードだった。

図書室で図書カードを落とすとはいったいどこのヌケサクか、と持ち主の名前を確かめれば、そこには「フクザワ　ユウキ」と書かれてある。

「これは……なんと」

確かに、大したヌケサクだ。そしてそれを生徒会副会長のアンドレさまに拾われるとは、よくよく天から見放されたヤツとしか言いようがない。

これが見知らぬ平氏《へいし》の生徒の物であったなら、礼一は図書委員に届けて厳重注意するよう指導したであろう。

源氏《げんじ》の誰かが落とした物なら、クラスなりを訪ねて直接叱責《しっせき》する。

しかし、福沢は無所属だ。

「さあて、どうしてくれようか」

取りあえず、自分の白い生徒手帳を開いて図書カードを挟《はさ》んだ。いつか何かに使えるかもしれない。そう思いつつ、うっかり忘れてしまったっていい。

ここしばらく心に立ちこめていた重苦しい雲が割れて、日差しが降りそそいできたような心持ちだ。それも、ビデオテープと図書カードという、光は二筋《ふたすじ》もあった。

4

あの後、図書カードを紛失《ふんしつ》したことに気づいた福沢が戻ってくるのではないかと、しばらく閲覧室で待ってはみたものの（無論、泣きっ面《つら》を見物するためだ）、ヤツは戻ってこなかった。なくしたことに気づいていないのか、それとも見当違いな場所を探し回っていたのかは知らない。しかし来るかどうかもわからない人間を待ち続けるほど暇ではないので、礼一《よしかず》はほどほどにして下校することにしたのだ。もちろんビデオテープは鞄の中に、福沢の図書カードは生徒手帳に挟んで胸ポケットの中に忍ばせたままである。

楽しいことは、引っ張れば引っ張るだけ長く味わえるというものだ。

そんなこんなで、翌朝はスッキリ目覚めた。

気分が高揚して、生徒会室清掃をこのところ朝の日課のように行っている彼らのために、早く登校して扉の鍵《かぎ》を開けて待っていよう、なんて、良き先輩みたいなことまでしてしまった。

「そういえば、昨日は図書室に行くと言っていたが。成果はあったのか？」

さりげなく雑談を振るように、礼一は福沢に話しかけた。あまり関心はないのだが、という風《ふう》を装いたいのだが、頰が段々上がってくるのをおさえられない。さて、福沢はどう出る。さすがに、図書カードがなくなっていることには気がついているだろう。まだ気づいていないほどボンクラならば、この会話をきっかけに気づかせてやる。

「それがですね」

福沢は箒《ほうき》を持つ手を休めて言った。

「行くには行ったんですが、バタバタしちゃってゆっくり本を探してられなかったんですよ。今日の休み時間とか、また行ってみます」

「うむ、そうか」

バタバタって何だ。

そのバタバタが原因で図書カードを落としたのか。

それともバタバタは単なる喩《たと》えか。

気になって気になって仕方ない。けれど表面上あまり関心がないそぶりでいる手前、しつこく聞くわけにもいかなかった。

「アンドレ先輩、これは何かご存じですか？　椅子の上にあったんですけれど」

テーブルを拭《ふ》いていた有栖川《ありすがわ》が、例の風呂敷包みを持ってやって来た。

「ああ、それは福沢のだ」

説明するのが面倒くさいので、横にいる男に丸投げした。

「ユキチの？」

腹に一物《いちもつ》もない有栖川は、無垢《むく》な瞳《ひとみ》で福沢に尋《たず》ねる。

「これどうしたの？」

「それは……」

有栖川を部屋の隅《すみ》に連れていってゴニョゴニョと小さい声で説明しているところを見ると、やはり福沢にとってそれは、屈辱《くつじょく》的な罰《ばつ》ゲーム以外の何ものでもないのだろう。

「えーっ!?」

一年生の集団の中から、驚きの声があがる。

「生徒全員の前で一人……」

「それは……きついな」

「おまけに『安来節』って、どじょうすくいだろ？」

面白くなってきた、と礼一は思った。もっと引っかき回してやれ。

「お前たち、これはとても名誉なことなんだぞ？」

「名誉、ですか」

訝《いぶか》しげな顔をする面々に、「そうだ」とうなずく。

「生徒会を代表しての演技だ。生半可《なまはんか》な生徒には任せられない大切な仕事を、福沢にならと生徒会長自らが選んだということを忘れてはならない。だから同情するのではなく、ここは福沢を応援し盛り上げてやるのが友人として正しい姿だと思うが、どうだろう。かく言う俺も、去年はその役を仰《おお》せつかった。もちろん、今でもやってよかったと思っている」

決まった。

「そ、そうだな」

「がんばれ、ユキチ」

「俺たちにできることがあったら、何でも言ってくれ」

一年生を丸め込むのなんて、チョロいものだ。礼一は満足して背中を向けた。けれど、全神経を集中させてヤツらの話し声を聞く。

「アンドレ先輩って、やさしいよな」

ふんふん。

「うん、ユキチとの勝負の時は厳《きび》しくて意地悪な先輩かと思っていたけど」

本当に意地悪な先輩かもしれないよ。

「自分の恥《は》ずかしい経験を話して、叱咤《しった》激励《げきれい》してくれたんだからな」

何か、どこかが微妙に間違っている気がする。恥ずかしい経験、って。もしや自分も『安来節』の洗礼《せんれい》を受けたのだと思われたのではなかろうか、と礼一は考えたが、勝手に勘違《かんちが》いされた分についてまで責任はとれないし、要はそれで福沢が止《や》むにやまれぬ状況に追いやられればいいのである。

全校生徒の前で笑いものになれ。

優さまには気の毒だがこの企画《きかく》、福沢祐麒は生徒会長の烏帽子子に相応《ふさわ》しくない男だと、全校生徒に知らしめるいい機会となるはずだった。

魔法の言葉

1

それから約一週間というもの、礼一《よしかず》の状態は「躁《そう》」であった。

「福沢《ふくざわ》」

呼びつけた一年生が側《そば》まで来ると、窓のさんを撫《な》でた人差し指をその顔に向けた。

「やり直し」

ふーっと息を吹きかければ、指先から飛び立った埃《ほこり》が舞う。

「あ、すみません」

埃をもろに顔面に受けた福沢が頭を下げて、慌《あわ》てて雑巾《ぞうきん》を取りにいくのを見ながら、ランポーがつぶやいた。

「理不尽《りふじん》なものだな」

礼一が顔だけ振り返り、目で「何が」と問うとランポーはため息をついてから答えた。

「下級生というだけで、何をされても文句が言えないなんて、さ」

「俺が何をした？」

ただ、掃除残しを指摘《してき》したに過ぎない。埃は、たまたま福沢の顔にかかっただけだ。

「自分だって、一年生の時は窓のさんを拭《ふ》き残すくらいのことはしょっちゅうだったくせに」

「それがどうした」

過去は過去、今は今。あの頃の自分たちだって先輩に注意されたら、今の福沢みたいに必死で窓のさんをゴシゴシ擦《こす》っていただろう。

「別に」

ランポーが意味ありげに笑って、その場を去った。

（だってしょうがないじゃないか）

たぶん仲間の入れ知恵で、福沢の図書カード紛失《ふんしつ》の件は上級生たちには黙っていることにしたのだろう。待てど暮らせど、一向にその話題は耳に届かない。

生徒総会で披露《ひろう》する『安来節《やすぎぶし》』だって、福沢の周りを焚《た》きつけることには成功したものの、本人のやる気は今ひとつ。一応、振り付けのイラストが載っている本を探してコピーだけはとってきたみたいだが、風呂敷《ふろしき》包みはいつ見ても生徒会室の片隅《かたすみ》にちょこんと置いてあるだけ。こうなると、ちゃんと練習しているのかどうかも怪《あや》しい。

そんなわけで、今もって礼一の手の内にあるビデオテープや図書カードの出番はない。せっかくの切り札も、使う場所を与えられなければ、ただのカスである。

何も起こらないのだったら仕方ない、何か起こるまで福沢をいじめて暇《ひま》つぶしするくらいいいじゃないか。ランポーに迷惑をかけるわけでなし。

（……）

しかし、そう開き直ろうとも、何だか気になって、ドアを出かかったボサボサ頭を追いかけた。

「何か言いたいことでもあるのか、ランポー」

手洗い台の前で追いついて、礼一は尋《たず》ねた。

「いや」

「じゃ、その含み笑いは何なんだよ。気に障《さわ》る、ったら」

適当にはぐらかして逃げようと思っていたみたいだが、そうはさせない。それを察したようで、ランポーはやれやれと口を開いた。

「光《ひかる》の君《きみ》に似ているな、って思っただけだ」

「誰が」

「アンドレ、お前」

「えっ、どのあたりが？」

思いがけない指摘に、礼一は舞い上がった。憧《あこが》れの優《すぐる》さま、敬愛する優さま、理想を形にしたような優さま、彼に似ているなら、どんな部分でもほんのちょっぴりでも、この身の誉《ほま》れである。

しかしランポーの口から出た言葉を聞いて、「どんな部分でも」「ほんのちょっぴりでも」と思った誉れにも一部例外があることを知った。

「光の君は、好きだからいじめるんだそうだ」

誰を、とは、あえて聞かなかった。それなのに親切なランポーは、懇切丁寧《こんせつていねい》に解説をしてくれるのである。

「彼を」

ランポーの視線の先には、たった今生徒会室から出てきて水道水で雑巾を洗っている、福沢祐麒《ゆうき》の姿があった。

2

好きだからいじめる?

意味がわからなかった。

ただ、ランポーにその言葉を聞いた時、礼一《よしかず》はものすごく不快だった。

何が不快だったのか。

優さまが福沢を好きだということ、なのか。

福沢をいじめる＝《イコール》好きだ、という図式が成立してしまうと、自分まで福沢のことを好きだということになってしまう、そのことが嫌《いや》なのか。

福沢なんて好きじゃない。

嫌いだ。大嫌いだ。目障《めざわ》りだ、居なくなってしまえ。

じゃ、何でこんなに気になるのだ。

どうして先回りして『安来節』の振り付けが入っているビデオテープを借りたり、拾った図書カードをずっと持ち続けているのだ。

嫌いなら、関《かか》わらなければいい。当初の予定通り、無視を決め込んでいればいい。けれど気がつけば、福沢の姿を目で追っている。動向が気になって仕方ない。

関心がある＝《イコール》好き、なのか。そんな馬鹿《ばか》な。

朝、ランポーに言われてからずっと、頭の中でそのことばかり考えている。

好きだからいじめる。あまりに深い言葉だった。

放課後、悶々《もんもん》とした気持ちで生徒会室に向かうと、珍《めずら》しく優さまの声がドアの外まで届いていた。

「ユキチ、君は生徒会をなめているのか」

厳《きび》しい口調だったので、中に入るのを躊躇《ちゅうちょ》した。

「本番までに仕上がらなかったら、舞台に上がらなくても済むと高《たか》をくっているんじゃないか？」

どうやら『安来節』を巡《めぐ》って、福沢が優さまに叱《しか》られているらしい。やる気がなく、まったく稽古《けいこ》をしていないことを、忙しくて留守がちであるにもかかわらず、優さまはとっくに見抜いていたわけだった。

「覚えておけ。本番が来たら、泣いても暴れても一人で舞台に上げるからな」

福沢の声は、一切《いっさい》廊下には聞こえてこなかった。普段は温厚な優さまの、いつになく凄《すご》みのきいた声が、礼一の全身を粟立《あわだ》たせた。

「学校を休んだら、家まで迎えにいく。本当の病気でも、たとえ入院していても、ベッドから引きずり出してやるから逃げられると思うなよ」

その言葉が言い終わるやいなや、突然ドアが開いて福沢が飛び出してきた。そのまま真《ま》っ直《す》ぐに走り去ってしまったので、礼一がそこにいたことには気づかなかったようだった。

ヤツは泣いていた。

とっさに、追いかけようかどうか迷った。しかし、追いかけて何を言ったらいいのだ。それは自分の役目ではないのだと、礼一はその時はっきりとわかってしまった。

生徒会室の中に入ると優さまが一人、テーブルにもたれていた。

うつむきがちだったせいか、前髪の影が端正な顔に落ちて、何ともいえないかげりがあった。しかし、それはほんの一瞬のこと。すぐに礼一の気配に気づき、視線をこちらに向けて

「ああ、アンドレ」と微笑した。

「聞いていたのか」

顔を上げれば、いつもの優さまだ。しかし、だからこそ切《せつ》ない。笑わなくてもいいのに、そう思った。

「申し訳ありませんでした」

礼一は前に進み出て、頭を下げた。

「何が？」

身に覚えがないのだろう、優さまは首を傾《かし》げる。

「先程光の君が福沢に言った言葉は、すべて私が彼に言わなければならないものでした。……もっと早くに」

留守がちな優さまに比べて、福沢の様子を見ている時間は多くあった。もともと反《そ》りが合わない礼一が言った言葉なら、少々きつくても泣くほど傷つかなかったのではないか。いや、たとえ傷ついても、烏帽子親《えぼしおや》である優さまのもとには逃げ込めるようにしておいてあげなければならなかった。

優さまは黙って聞いて、そして小さくうなずいた。

「そうだな。その方が、ユキチにとってはよかったかもしれない。でも、そこまでお前に望めないよ」

「なぜです。福沢が、あなたの烏帽子子《えぼしご》だからですか」

礼一は両腕にしがみついて返答を求めた。それは嫉妬《しっと》だった。福沢は身内だからと、そう言われているようで口惜《くちお》しかった。

「それもあるが」

優さまは両手を胸の前でクロスさせて、礼一の手に自分の手を重ねた。

「お前に無理をさせたくないんだ」

「え？」

「ユキチがここにいるだけで、十分にストレスを受けているからな」

この世に魔法使いはいなくても、魔法の言葉は存在する。魔法の使えない人間の口が、それを紡《つむ》ぎ出す。

「何なんでしょう。福沢には悪いんですが、今、ものすごく幸せなんですけれど」

優さまは、ちゃんと見ていてくれたのだ。心をわかってくれていたのだ。それを知っただけで、心が満たされた。それでいいや、と思ってしまう。

「福沢は大丈夫なんでしょうか」

自分が幸せだと、きっと他人を心配する余裕も生まれるのだろう。

「気になるなら、追いかけて慰《なぐさ》めてやれよ」

そんな優さまの言葉に、礼一は笑って首を横に振った。

「無理ですよ。私は悪役ですから」

キャラじゃないことをすると、何か魂胆《こんたん》があってのことと思われかねない。せめてランポーなりともこの場にいれば、様子を見てこいと送り出せたものを。

「ユキチのことは心配ない」

「え?」

優さまが自信満々に言い切るのは、やはり烏帽子親としての勘《かん》なのか。——と思いきや、ちゃんと根拠があってのことだった。

「出ていく時、しっかり『安来節』セットを持っていったから」

「……なるほど」

いつもそこにあった場所に、あの風呂敷包みの姿がなくなっていた。

優さまのメッセージを、彼が正しく受け取った証拠だった。

3

帰りがけに、礼一《よしかず》は一年生の教室に立ち寄ってみた。

優さまにも言った通り、福沢を見つけて慰めるつもりなどなかったが、どうしているか気になったのだ。帰ったなら帰ったでいい。ただ、まだ学校のどこかで泣いていたら嫌だ、そう思った。

B組教室の扉を少し開けて中を覗《のぞ》くと、片隅に福沢の姿があった。

泣いてなどいなかった。

誰もいない教室で、一人ざるを振り回している。——否《いな》、わかりにくいが、どうやら踊りの稽古をしているようだった。

「一と二と三と四と」

口でリズムをとって、必死にドジョウをすくっている。

音楽がないのは、教室にあるはずのカセットデッキが探せなかったせいか、それともクラスメイトの誰かが戻ってきた時のための安全策か。

（たぶん後者だろう）

そういうヤツだ、福沢祐麒ってのは。

でも、まあ、心を入れ替えて『安来節』に向かい合う気になったのは評価してやる。生徒会の代表として、恥《は》ずかしくない舞台を務めてくれればそれでいい。——そこまで考えて、礼一は自分の気持ちも、当初の思惑《おもわく》とはずれていっている事に気がついた。

どうしたことか。全校生徒の前で大恥《おおはじ》かけばいい、と思っていたはずなのに。

（ふん）

それにしても、なんて下手《へた》くそなんだ。こいつ、『安来節』の男踊りを見たことないんじゃないのか。

これ以上見るに堪《た》えなくて、そっと扉を閉じると礼一は一年B組教室を後にした。

福沢の姿を確認できたら帰ろうと思っていたのに、足は昇降口ではなく、勝手に別の方向に向かっていく。

「すまん」

閉めかけた図書室に滑り込み、「同じクラスのよしみで頼む」と図書委員を拝《おが》み倒し返却手続きと貸し出し手続きをしてもらった。

「どっちも同じビデオだったら、明日だっていいじゃないか」

「そうはいかない」

借り主が違うんだからと笑って、ビデオテープと新たなる借り主となった男のカードを受け取った。

「生徒会副会長のアンドレが、光の君以外の、それも一年生のパシリをやるとはな」

「必要ならやるさ」

「へえ……いったい、どんなヤツだ？　その大物は」

「そのうちわかるよ」

嫌でもな。

それじゃ、と軽く手を上げて今度こそ向かうは昇降口の方角である。

一年B組の下足場のロッカーに福沢の名札を見つけて、上履《うわば》きをしまう棚に借りてきたビデオと福沢の図書カードを置いた。

(これを見て、もう少しましに踊れるようになりやがれ、ってんだ)

どうだ。

ちゃんとビデオテープも図書カードも、ここぞという場所で使ってやったぞ。

礼一は鼻息も荒く、下校の途《と》についた。

別に、福沢のことを応援しているわけではない。

その辺のところ、間違えないように。

……ふんっ。

あとがき

薔薇《ばら》と紅茶の香りから、線香と日本茶の香りへ。

アーメンとロザリオの世界から、南無阿弥陀仏《なむあみだぶつ》と念珠《ねんじゅ》の世界へ。

そして、マリア様からお釈迦《しゃか》様へ。

——ようこそ。


こんにちは、今野《こんの》です。

新しい作品なので、場合によっては「初めまして」という挨拶《あいさつ》の方が適切かもしれません。

この『お釈迦様もみてる』は、拙作《せっさく》『マリア様がみてる』シリーズの姉弟版であります（姉妹版という言い方の方が耳に馴染《なじ》む気もいたしますが、やはり主役同士の関係に乗っ取って姉弟にします）。

もちろんご存じない方もいらっしゃるでしょうから、手短に説明いたしますと、『マリア様がみてる』はリリアン女学園というカトリック系お嬢さま高校に通う少女たちの物語で、こちらは祐麒《ゆうき》の姉祐巳《ゆみ》が主人公を務めております（解説がざっくりし過ぎている？）。ご興味がありましたら、一度お手にとってみてくだされば幸いです。ただし、『マリア様がみてる』の方が時間的にはずいぶん先に進んでいるので、『お釈迦様もみてる』のネタバレが起こる危険性があることをご注意申し上げておきます。何せ今現在（本書が発売した時点）で、『マリア様がみてる』の祐麒は高校二年生の三学期にいるのですから！

その『マリア様がみてる』で、花寺《はなでら》学院の面々（高校を卒業してしまった柏木《かしわぎ》を含む）が登場する回数が増えるにつれ、「『仏様《ほとけ》がみてる』は書かないんですか」とか、「『お釈迦様がみてる』はいつ頃出るんですか」とか、少数意見では『観音様《かんのん》』とか『お地蔵様《じぞう》』とかもあったようですが、いつかは花寺学院を舞台にしたシリーズが生まれるだろうと、多くの皆さまに予想していただいておりました。

読者の中には、『マリア様がみてる』に出てくるお嬢さまたちよりもむしろ柏木ファンとか祐麒ファンだと控《ひか》えめに宣言する人たちもいて、なかなか複雑な気分だったのですが（決して嫌ではない）、これからは堂々と応援してやっていただけます。

で、タイトル。『お釈迦様もみてる』です。

「が」ではなく「も」です。先に『マリア様がみてる』ありきで、『お釈迦様も、みてる』なんですね。

多数意見の『仏様』を採用しなかったのは、「仏」では漠然《ばくぜん》としすぎているから。死者のことも「仏様」と表現したりしますから、『仏様もみてる』だと、亡くなったお祖母《ばあ》ちゃんや近所の小父《おじ》さんがどこかで見てる、というタイトルだと錯覚《さっかく》しちゃうかもしれないですし（……心霊モノか？）。

マリア様も実在の人物ですし、ここは仏教の開祖であるお釈迦様にご登場願った、というわけです。

さて、そんなこんなで決定した『お釈迦様もみてる』というタイトル。『マリア様がみてる』の一巻目が「無印《むじるし》」と呼ばれているのとは対照的に、後ろに、小さく『紅か白か』とついています。サブタイトルがあるということは、たぶん『お釈迦様もみてる』はいつか二冊目を出させてもらえるんじゃないかな、そしてゆくゆくはシリーズと呼べる日がくるんじゃないかな、と密《ひそ》かに期待しているわけですけれど、果たしてどうなりますことやら（あ、本人はやる気満々です）。

話は前後しますが、『お釈迦様もみてる』の初出は2008年4月発売の別冊Ｃｏｂａｌｔでした。その時は雑誌掲載ということでページ数に限りがあったため、いくつかもれたエピソードがありました。それを加筆し、もう一本「アンドレの憂鬱《ゆううつ》」という続編を加えて出来上がったのが今回の文庫です。

主人公の祐麒を高校一年生の入学式からスタートさせるにあたって、新キャラにご登場願うことになりました。

おさらいをしておきますと、『マリア様がみてる』開始当初からいたのは祐麒と柏木だけ。その後、小林《こばやし》や日光《にっこう》・月光《がっこう》兄弟、少し遅れてアリスや高田《たかだ》が祐巳の前に現れます。三年生で生徒会長を務めている柏木は、花寺学院生徒会では異例という設定なので、三年生はこの際増やす必要はありません。

圧倒的に不足しているのは、二年生です。既存のキャラクターですと、日光・月光しかいません。彼らには申し訳ありませんが、積極的に生徒会を回していくようなタイプにはとても見えません。早急にキャラを作る必要に迫られました。

でもって、誕生したのがアンドレとランポー。どっちも髪型に特徴があります。

花寺学院はニックネーム（烏帽子名《えぼしな》を含む）が流通しているようで、呼び名と本名をペアで考えるのが楽しかったです。もちろんランポーにもちゃんと名前がついていますから、そのうち明かされるでしょうし、小林や高田にも未来につけられるであろうあだ名がすでに存在しています。やってるうちに面白《おもしろ》くなって、今後使うかどうかもわからない田口《たぐち》（新入生代表）にさえあだ名をつけてしまった（……それを考えると、やっぱりシリーズ化は実現しないと、ね）。

ところで。

リリアン女学園はカトリック。花寺学院は？　――読者からそんな質問をされそうなので、先にお答えしておきます。

「南無阿弥陀仏」と念仏《ねんぶつ》を唱《とな》えているところからみて、どうやら浄土《じょうど》教の流れを汲《く》む宗派ではありそうですね。それ以上のことは、今のところわかりません。現時点ではそれくらいゆるい設定の方がいいかな、と。

読み返してみれば、『お釈迦様もみてる』のあとがきなのに、『マリア様がみてる』という文字がこれでもかと乱舞している気がいたします。

どうしたものか、と思いつつ、これも姉弟シリーズ（！）ならではのエピソードということで（笑）。

今野緒雪

※この作品はフィクションです。実在の人物・団体・事件などにはいっさい関係ありません。

この作品のご感想をお寄せください。

今野緒雪先生へのお手紙のあて先

〒101―8050　東京都千代田区一ツ橋2―5―10
集英社コバルト編集部　気付
今野緒雪先生

こんの・おゆき

1965年6月2日、東京生まれ。双子座、A型。『夢の宮～竜のみた夢～』で1993年上期コバルト・ノベル大賞、コバルト読者大賞受賞。コバルト文庫にオリエンタル・オムニバスの『夢の宮』シリーズ、ヒロイック・ファンタジーの『スリピッシュ！』シリーズ、学園コメディの『マリア様がみてる』シリーズ、『サカナの天』がある。
「部屋で数種類の観葉植物を育てています。ポトスとパキラとアイビーはいつも元気です」

お釈迦様もみてる
紅か白か

COBALT-SERIES

2008年8月10日　第1刷発行

★定価はカバーに表示してあります

著　者　今野緒雪
発行者　礒田憲治
発行所　株式会社　集英社
〒101－8050
東京都千代田区一ツ橋2－5－10
(3230) 6268（編集部）
電話　東京　(3230) 6393（販売部）
(3230) 6080（読者係）

印刷所　図書印刷株式会社

ISBN978-4-08-601192-1 C0193